光文社文庫

水神様の舟

芳《よし》納《の》　珪《けい》

光　文　社

目次

主な登場人物

セリ　潜水隊の潜人《セムト》。優れた潜水能力を持つ。
シザ　セリの上司。常に冷静な人物。
レン　辺境の邑《ムラ》に住む少年。潜人に憧れている。
ラキエ　レンの婚約者の少女。
ユハシ　ラキエの兄で邑の宮守《みやもり》。
貝爺　レンを助けた謎の老人。

第一章　潜人《セムト》のいない邑《ムラ》

1

湖はおだやかに横たわっていた。

豊かな緑の水は、遠く離れた都につながっている。湖はいつも世界の中心で、人間はその周りに貼りついているだけ。その点だけは、賑やかな都も、こんな辺境も変わらない。

セリは湖岸の岩の上に足を投げ出し、彼女が生まれ育った都の風景を懐かしく思い出していた。岸の近くの湖面に広がる、よく整備された養殖場と、沖合に立ち並ぶベークライトの油井櫓《ゆせいやぐら》。磯と油の匂い。そこで働く人々の交わす声。

黄色い落日が、セリの顔を照らしていた。傍《かたわ》らでは、旅をともにしてきたウマが、岩に生えた苔を食《は》んでいる。

背後には、荒涼とした岩山がそびえ立っている。山肌は固く乾いていて、苔もシダも生えていない。湖から離れては人もウマも生きていけないと、その姿で語っているようだ。居住帯の幅はいよいよ狭くなり、世界の果てが近いことを実感させたが、この先にまだ邑《ムラ》があることをひとつ手前の邑で聞いていた。長く続いた険しい山道はいくぶん楽になって、そろそろ人里が近い雰囲気があった。

これまで、いくつの邑を訪れただろうか。それらの邑でセリは、たったひとりの肉親を捜していた。

いなくなった弟を捜している、と告げると、たいていの者は黙って身を引いた。都でも邑でも、誰かがいなくなったといえば、湖で行方不明になったことを指す。そのことを「湖に還《かえ》る」という。人間が湖に還るのは水神様の意思で、人間はそれに逆らうことはできない。磯で貝やテングサを拾い、湖底から油を汲み上げ、どんなに湖に依存していても、湖は永久に人間のものにはならない。湖を創造した水神様は、今も沖に身を潜め、気まぐれに人間をさらう。それが世界の理《ことわり》だ。

けれど、セリの弟が湖に還ったのかどうかはわからなかった。そもそも弟がいること自体、三年前まで知らなかったのだ。

孤児として育ったセリは、十二歳で潜水隊の付属学校に入った。潜水隊は、油井や養殖場で潜水作業を行う公の組織だ。学校の実習で初めて湖に潜ったとき、セリは自分に弟がいることを知った。湖の中ではあらゆる感覚が研ぎ澄まされる。その状態で、弟の存在をはっきりと感じたのだ。昔のできごとを思い出したというのとは違う。この世界のどこかに、自分とそんなに齢《とし》の離れていない、深い縁でつながった人間がいる――そういうイメージがひらめいた。

湖の中で幻覚を体験するのは珍しいことではないと、学校では繰り返し教えられていた。だがセリには、自分が感じた「弟」は現実の存在だという確信があった。教師や級友に話せば、幻覚だと言われるに決まっている。だからセリは、誰にもこのことを話さなかった。

潜水隊に入って実務に従事するようになっても、湖の中でたびたび「弟」は現れた。顔もわからない。どこにいるのかも。だけど確実に、今このときに、どこかで生きている。潜水中は感情を乱すことはできない。水上に出てから反動のように懐かしさが胸を締めつけ、苦しくなった。

潜水隊の俸給は、他の仕事に比べるとかなりいい。入隊から一年後、セリは潜水隊を辞め、貯まった金で旅支度をして、都をあとにした。都の中で人捜しをするより先に辺境へ赴いたのは、これもまた直感だった。

セリは永久煙管《キセル》をゆったりと吸い、熟れた太陽に向けて薄い煙を吐いた。夕凪の前の最後の風が煙を押し戻した。セリは目を瞑《つむ》ってそれを避け、ひとりで笑った。永久煙管は必需品ではないが、多くの潜人《セムト》が愛用している。水深二十米《メートル》から三十米の湖底に生息するササメ貝の分泌物を精製した香油を、水と反応して発熱する白石を使ってあたため、香りを吸い込むものだ。呼吸器の機能を整え、気持ちを落ち着ける効果がある。

彼女は立ち上がってあたりを見回した。今夜はここに天幕を張って野宿をし、明日、邑を訪問しようと考えたのだ。

起伏の多い岩場だが、少し離れたところに平らな場所が見えた。セリは、一心に苔を食んでいるウマの引き綱を岩に仮止めしてから、そちらへ歩いて行った。思ったとおり天幕を張るにはちょうどいい場だったが、岸側を見ると、湖へ降りる石段があるようだ。もしかしたら、この先の邑が所有する漁場かもしれない。そうだとしたら、無断で寝泊まりするわけにはいかない。

本当に石段なのかどうか確かめようとして、セリは岸まで行って下をのぞいた。そこで目が合った。垂直の岸壁に刻まれた石段を、今まさに登ってきた子どもがいたのだ。あどけなさは残るが、自分で判断して行動できる年ごろの少年である。

「うわあっ！」

少年は大げさとも思えるほどの叫びをあげ、一歩後じさった。だが、彼が立っているのは、身体の幅くらいしかない石段である。たちまち足を踏みはずして落下した。彼が両手いっぱいに抱えていた色とりどりのテングサが、宙に散らばった。

セリは素早く階段に這いつくばり、岩の出っ張りをつかんでぶら下がっている少年に手を伸ばした。だが、届かない。セリの位置から湖面までは約十米。少年が手をかけている出っ張りまでの距離、それに彼の背丈と腕の長さを差し引けば、彼の足先から湖面までは七米ほどだ。少なくとも、落ちた衝撃で死ぬ高さではない。

ウマに載せた荷物の中には綱がある。だが、少年の指はわずかな出っ張りにかかっているだけである。いつまでもつか。セリは努めて冷静に呼びかけた。

「今、綱をとりに行く。すぐに戻るけど、耐えられなければ崖を蹴ってできるだけ後ろへ跳べ。あたしが飛び込んで助ける。あたしは潜人だ」

後ろへ跳べと言ったのは、真下へ落ちると、水面下の浅いところにある岩に当たって怪我をする恐れがあるからだ。セリは急いでウマに戻り、綱をとった。

多くの人間は、水に浸かると恐慌に陥る。腰か胸ぐらいまでなら大丈夫だが、頭まで潜ってしまうことには本能的な恐怖を覚える。セリのように湖の仕事を生業とする潜人になれるのは、生まれつきの素質を持った、ほんの一握りの人間だけなのだ。

戻ってくると、案の定、少年は湖に落ちていた。

セリは一呼吸で着物を脱いで水着姿になり、飛び込みの体勢をとろうとして、ふと動きを止めた。湖上で両手足をばたばたさせてもがく少年に、泳いで近づく人影がある。潜人か？　だが答えを出すより早く、セリの両足は岸を蹴っていた。

飛び込みは正確無比だった。飛び込んだ衝撃が溺れる者に影響を及ぼさず、かつ速やかに近づいて救助できる位置に、鋭い刃物のように入水した。

湖面に顔を出して少年を見ると、彼の傍らにぴったりと寄り添う者があった。岸から見えた人物だ。その人は少年の身体の下に入り、正しい救助の姿勢をとると、手近な岸へ向かって泳ぎはじめた。セリは二人を追い越していき、先に岸に上がった。そこへ少年を抱えた救助者が泳ぎ着いた。湖面から力強く少年を押し上げたのは、筋骨逞しい高齢の男性だった。一連の動作には無駄がない。

セリは救助者から少年を引きとって岸に上げると、急いで様子を観察した。もちろんずぶ濡れだが、湖に落ちたにしては平気な顔をしている。

「大丈夫か？」

「うん」

「水を飲んだ？」

「ううん」

少し呟き込んだが、受け答えもしっかりしている。セリは安堵のため息をついて、湖の方を見た。

救助者の姿はどこにもなかった。セリは静かな波がさざめく湖面を呆然と見つめた。感謝の気持ちを持つべきなのに、恨めしさが湧いてきた。

お礼ぐらい言わせてくれたっていいのに。

2

「ひとりで湖に近づいちゃいけないって教わらなかったのか」

セリは磯《いそ》火鉢で少年の着物を乾かしていた。叱っているのではなく、口調は優しい。

少年は何か言おうとして、大きなくしゃみをした。セリは彼を助けたあとすぐに、有無を言わさず濡れた着物を脱がせて、旅用の夜具ですっぽりと包んだ。

「ほら、もっと火鉢の近くに来な。あたしはセリ。きみの名前は？」

少年は洟《はな》をひとつすすってから答えた。

「ぼくはレン。ただ待っているのも退屈だったから、テングサを採っていたんだ。どんなに足場が悪くったって、これまで湖に落ちたことなんか一度もなかったんだよ。本当に、いつもはこんなヘマなんかしないんだ。でも……助けてくれて、ありがとう」

少し恥ずかしそうな笑みを見せた。くりっとした目が、南方らしい明るさを感じさせる。

「待っていたって、何を？」

何気なく訊くと、少年は間髪容れず答えた。

「セリを待っていたんだよ」

ふたりは同時に顔を見合わせた。それぞれ違う驚きで。

「あたしを？」

セリは着物を乾かす手を止め、素《す》っ頓狂《とんきよう》な声を上げた。

「うん、だってセリは潜水隊の人でしょ。さっきのおじさんとふたりで、邑の油井を直しに来たんでしょ」

レンは、丸い目をさらに見開いて訴えた。どうやらレンはセリを、都から派遣された潜水隊だと思っているらしい。辺境にも流しの潜人はいるが、大掛かりな潜水作業の必要が生じたときは、邑長《ムラオサ》から都へ潜水隊の派遣を要請することもある。

セリは、なんと言おうかしばらく思案してから答えた。

「がっかりさせて悪いけど、あたしは潜水隊じゃないんだ。さっきの爺さんも赤の他人だよ。どこの誰だか、まったく知らない」

「そうなの？　じゃあ、あの人が潜水隊なのかな」

「それも考えにくいな。潜水隊はひとりでは仕事しないし、あんな年かさの隊員がいるなんて聞いたことない。まあ、あたしも全員を知っているわけじゃないけど」

レンは不思議そうにセリを見た。

「セリは潜水隊じゃないんでしょ？」

セリは胸の中で舌打ちした。調子に乗って、ついべらべらと喋ってしまった。

「……じつを言うと、もと潜水隊なんだ。辞めたんだよ」

「潜水隊を辞めたの？」

レンは信じられないというように叫んだ。潜水隊といえば、世界各地から集めた「湖に愛された人間」を、厳しい訓練によってふるいにかけた精鋭集団であることは、辺境の子どもでも知っている。

「まあ、いろいろあってさ」

セリは言葉を濁した。自分の選択が間違っていたとは思わないが、他人のこのような反応に動揺しないと言えば嘘になる。仕事は楽しかったし、食事付きの寮、十分な休暇、高い俸給といった待遇は、孤児として育ったセリにとっては夢のようだった。それらをすべて捨てたのだ。

もやもやした気持ちを振り払うように、セリはレンの着物をことさらに引っ張ってしわをのばした。

「ちょっと生乾きだけど、日があるうちに帰ったほうがいい。家に着いたらすぐに、新しい着物を出してもらいな」

「ありがとう。あの」

「なに？」

「セリも、邑に行くんでしょ？　潜水隊じゃなくても、潜人なら大歓迎だよ」

レンの目は輝いている。はるばる都からやってきた潜水隊――たとえ「もと」でも――と話していることに興奮しているのだろう。

「えっと……油井を修理しなくちゃならないんだろ？　ちゃんと本物に頼んだほうがいいと思うよ」

「でも、みんな待っているんだ」

セリは困った。潜水隊でなくても潜人の免許を持っていれば、油井を修理することは違法ではない。だが、単独潜水は隊では禁止している。セリはもう潜水隊ではないのだから気にすることはない、とも言えるかもしれないが、一般的にも単独潜水は望ましくないとされていた。危険が大きいのである。

セリはふと、先ほどの救助者の顔を思い浮かべた。彼はおそらく流しの潜人だ。彼と組めば二人組で仕事ができるのではないか。仲間がいる可能性もあるが、セリが先に邑長と話をしていれば、セリが仕切れる。

とつぜん、喜びがわいてきた。旅先でまた潜ることができるなんて、思ってもみなかった。セリは立ち上がった。

「行こう」

「えっ、いいの？」

「ああ、案内してくれ」

「やったーっ！」

レンは飛び上がった。羽織っていた夜具が足元に落ちる。下着だけを身につけた彼の頭上から、セリが放った着物が降ってきた。

3

「遅かったか」

セリは崖下を覗き込んで呟いた。荷物はすべてウマにまとめられ、出発するばかりとなっている。

「どうしたの」

今はちゃんと着物を着たレンが、セリに並んで一緒に見下ろした。

「お土産にイワガニでも獲れればと思ったんだけど、稚児《ちご》様が出てきちまった」

セリは崖下へあごをしゃくった。さっきレンがテングサを採っていた磯が見える。連なる岩のあいだにできたいくつもの水たまりの中に、ゆったりと蠢《うごめ》く生き物たちが点在していた。

大きさは、ちょうど人間の幼児ほど。皮膚と肉が透明なので、灰色の骨格と橙色の内臓が宙に浮いているように見える。コロコロとした胴からやわらかい手足が生え、頭部の両側に大きな目が飛び出している。互いに交流している様子はなく、それぞれ好き勝手にぱちゃぱちゃと水を叩いたり、腹ばいになって前進したり、仰向けになって岩に背中をこすりつけたりしている。

レンが、ふいに上半身を後ろへ引いた。

「どうした？　稚児様が苦手か？」

「うん……いつ見てもぞっとするよ。人間に似ているけど、人間じゃない。セリは平気なの？」

「そうだな。気味がいいとは言えない。でも、どっちかっていうと好きだな」

「好き!?」

レンの声が裏返った。セリはニヤリとした。

「ああいう風になれたらなあって思うんだよ。ずっと湖にいられるだろ。時間も規則も関係なしにさ」

「セリはほんとに潜るのが好きなんだね」

レンは感心したように言った。

「ああ。湖の中は別世界だよ。静かで、温かくて……すごく、懐かしい感じがする。本当に気持ちが安らぐんだ」

セリはうっとりした表情になった。その横顔をレンはじっと見た。

「どうして、セリみたいな人がときどき現れるんだろう？　湖を畏れるのが普通なのに」

セリは振り向いて、楽しそうにレンを見つめた。

「なに？」

「疑問を持つのはいいことだ。すべての学問は疑問からはじまる」

「なあに、それ」

「あたしが今考えた」

セリはレンをウマに乗せ、自分は前で引き綱を持った。難所を越えた日の終わりに、二人乗りをしてウマに負担をかけたくなかったからだが、レンは最初、自分も歩くと言い張った。それに対してセリは、子どもが遠慮すんじゃないと一喝《いっかつ》した。

はじめてウマに乗ったレンは歓声をあげた。ウマは起伏の多い岩場を、重い荷物と人間を乗せて器用に進んだ。ほどなく邑の上に出た。もう日は暮れかけていたが、そこから邑全体を見渡すことができた。

豊かとは言えないが小綺麗で、そこそこの規模がある邑だった。傾斜した土地に折り重なるようにして建った家の間を、曲がりくねった細い路地が通っている。その景色は今まで訪れた邑とそれほど変わるところはなかったが、ひとつだけセリの目をひいたものがあった。

家並みの向こうに湖が見え、沖合に油井櫓が立っている。それだけなら、どこの邑でも見られる風景である。変わっているのは、櫓の頂上で回る風車だ。風車のついた油井櫓を見るのは初めてだった。潜水学校の歴史の授業で習ったことがあるだけだ。

路地に入ると、そこで遊んでいた子どもたちに囲まれた。皆、レンよりずっと幼い。邑に入るときにウマを下りていたレンが、訪問者に興奮する子どもたちを教師のように整理した。セリはひとりひとりをよく注意して見たが、弟はいないようだった。やがて子どもたちは、母親たちによってそれぞれの家へ連れ戻された。

もう少し進んだところで、ひとつの家をレンが指し、セリはウマを止めた。レンが戸口から奥へ向かって声をかけると、中から男が出てきた。レンは男に告げた。

「おばあちゃんに伝えてくれる？　潜人を連れてきたって」

やつれたような顔のその男は、セリを頭から足の先まで舐めるように見た。セリはもう一度水を浴びたくなった。男が奥へ消えると、セリはレンに尋ねた。

「おばあちゃん？」

「邑長は、ぼくのおばあちゃんなんだ」

レンは決まり悪そうに答えた。

「そうだったのか」

セリは、レンがなぜ大人のように油井の修理について心配していたのか理解した。

「今の人は誰？」

「伯父さん。お母さんのお兄さん」

「つまり、邑長は母方のおばあちゃんてことか」

「うん、そう」

セリたちは長いこと待たされた。レンが何度か奥へ行き、そのうち一度はお茶とお菓子を持って戻ってきた。すっかり暗くなったころ、ようやく中へ呼ばれた。レンの伯父の後について、セリは天井の低い、石積みの家に入って行った。レンもついてこようとしたが伯父に止められ、じゃあまたね、と残念そうに言って自分の家へ帰っていった。

セリは奥の間に通された。床に貝染めの見事な敷物が敷かれ、主人も客も、敷物と同じ材料で作られた大小の枕を好きなように配置してくつろげるようになっていた。壁には、水神様の図像を織り上げた大きな布絵がかかっていた。水神様の図像は地方によって多少異なるが、この土地のそれは恐ろしげな、まさに怪物と言っていい姿だった。天に向けて大きくあけた顎《あぎと》は複雑な線の集合で、口の中からは何十本もの牙が突き出す。背中には七枚の鋭い背びれが生え、人間のような手足は四角い布地に収まるように不自然な角度に折れ曲がっている。水神様の周囲は、波を表す山形の線で埋められている。そして波の間には、ウマの鞍を横に長くしたような形が散らばっている。セリはこの形を、これまで訪れたいくつかの邑で見たことがあった。ある邑では石の浮き彫り、ある邑では顔料で描かれた壁画だったりしたが、同じように波の間にこの形が描かれていた。どう見ても油井櫓ではない。作業橋をこのように点在させるのも変だ。湖にあるものとして描かれるこの形は、一体何をあらわしているのだろう？

その部屋でまたしばらく待った後、やっと邑長が入ってきた。日に焼けた、背の高い女だった。長いこと日にさらされたフジツボのような皺《しわ》を顔中に刻み、立ち居振る舞いには威厳があった。邑長はセリと相対して正座すると、前方へひれ伏して両手のひらを上へ向けて差し出した。この地方のあいさつなのだろう。セリがその手のひらに触れたものかどうか迷っているうちに、邑長はもとの姿勢に戻った。

「邑長のクヌです」

静かな、だが張りのある声だった。厳《おごそ》かという形容が合っている。表情は少しも変化しなかった。

「セリといいます」

「いくつになりますか」

「十六です」

そんな風に会話ははじまった。邑長は、旅の労をねぎらい、邑の来歴や現在の人口構成、伝統芸能や工芸などについてくどくどと語り、なかなか本題に入りそうにない。

「油が出なくなったと聞いたのですが」

セリは振ってみた。ひょっとしたら、そういう話題はこちらから切り出すのがこの地の社交の常識なのかもしれないと思ったからだ。邑長はあっさり応じた。

「そうです。そなたも潜人ならおわかりになるでしょうが、ここの水は薄いので、食料になるものがあまり採れません。私たちはながいこと油を売って暮らしをたててきました。油は私たちの生命線なのです」

「潜水隊の派遣要請はしていないのですか」

セリは当然の疑問をぶつけた。レンの言い方では、とっくに正式な要請を出していて、隊がやってくるのを今か今かと心待ちにしているという感があった。

「要請はしていますが、何か手違いでもあったのか、なかなか返事がきません」

セリは、考えごとをするときの癖で永久煙管に手を伸ばしかけたが、途中で止めた。永久煙管は、考えようによっては贅沢品だ。油切れの話をしている場で、見せつけるのはよくないかもしれない。

要請とはどのようにしたのだろうか。手違いとは？

セリがこのようなことを考えたのは、もし要請がふた月前に届いていたなら、自分がこの邑へ派遣されていた可能性があったからだった。セリは潜水隊を辞める直前に、出張が可能な階級に昇進していた。

「そなた、一度油井をみていただけませんか？」

邑長の抑揚のない声が、敷物や枕に吸い込まれた。セリは姿勢を正し、邑長の顔をまっすぐに見つめた。

「ひとつ、はっきりさせておきたいことがあります。あたしは潜人で、潜水隊にもいましたけど、この邑の要請を受けて派遣されたのではありません。たまたま通りかかっただけです。それを承知の上で、油井の点検を依頼されるということでしょうか？」

邑長の硬い表情が少しだけ変化した。深い皺の奥から、為政者の苦悩がほんのわずかににじみ出たように見えた。

「今この邑には、ひとりの潜人もおりません。数年前までは流しの潜人が来ていましたが、都が潜人を管理するようになったため、流しの者はめっきり少なくなりました。都の潜水隊はいつやってくるかわかりません」

もともと、油井は毎日の整備が必要なものではない。加えて、潜水は絶対的な特殊技能だ。だから、このような辺境の邑には潜水の技術を持つ者がいない場合も珍しくなく、いたとしても兼業でやっているのがふつうだ。

「どうかこのとおり、お願いします」

邑長はひざの前に手を突いて、深々と頭を下げた。

「あの、わかりました。どうか、その、顔を上げてください」

セリはしどろもどろに言った。こういう場合、正確にどう言うのか知らない。

邑長は上体を起こした。

「引き受けていただけるのですね」

相変わらず無表情だったが、彼女の目の奥に、獲物を捕らえたような光が一瞬きらめいた。

「はい、お引き受けします」セリは心を決めた。

「ありがとうございます。早速、皆に宴《うたげ》の準備をさせましょう」

「いいですよ、宴なんて。仕事をするだけですから」

セリはあわてて、胸の前で両手を振った。すると邑長は冷ややかに答えた。

「あなたのためではありません。水神様のお怒りを招かないために必要なことだからです。カタライをする潜人が邑に認められた者であることを水神様にお知らせしなければなりません」

水神様、とセリは口の中で繰り返した。

世界のどこにいっても水神信仰は存在する。地域によって細部に若干の違いはあるが、その共通のイメージは、沖合の湖底に棲み、とてつもなく大きく、銀色の鱗《うろこ》におおわれた身体は人間のようで、頭はサカナのようだというもの。サカナとは、大昔に湖に棲んでいたといわれる生き物だ。浅瀬で見られる稚児様は、水神様の使いとされていた。

湖は水神様のものであり、人間はお裾分けをもらっているにすぎない。湖岸で貝やテングサを採るぐらいは良いが、沖合に用もないのにずかずかと入っていくことは水神様の怒りを買う。どうしても入る必要があるときは水神様の許しを得てからでないとだめで、入っているあいだも常に水神様の意向をうかがいながら作業をしなくてはいけない。湖に入ることを「カタライ」と呼ぶゆえんである。稚児様がいるときに磯に近づかないのも同じ理由からだった。

セリも潜水隊にいたときは、「カタライ」の前には全員で沖合の水神様に祈りを捧げた。祈っているあいだはとても厳かな気持ちになり、祈りが終わったあとはきりりと身が引き締まる思いがした。しかし、水神様が現実に、生物として存在するとは思っていなかった。湖の中での危険な作業に向かう集中力を高め、緊張感を持ち続けるために、昔の人が考え出した精神的な拠り所だと思っていた。だが、このような辺境では、水神信仰はもっと現実味を帯びた、生活を左右するものなのだろう。

邑長は横を向いて二回、手を叩いた。しばらくして、使用人らしい若い女が食事の膳を運んできた。

セリの前に置かれた膳には、貝の干物を炙《あぶ》ったものと、磯汁の碗が載っていた。磯汁は、煮詰めた湖水に水草を入れたものである。湖水はどの土地でも日常的な栄養源だが、通常は旨味を出すためと殺菌のため、煮詰めて濃度を高める。しかし、この磯汁はほとんど湖水そのもので、燃料不足のために調理もままならないことがうかがわれた。

食事をしながら、細かい条件の話になった。邑長は思いがけないことを言いだした。

「期間は三日です。宴のあと、作業を始めてから三日のうちに終えなければなりません」

セリは驚いて、慎重に説明した。

「潜って現場を見てみなければ、何日かかるかわかりません。簡単な修理で済むかもしれないし、機材を使った大掛かりな工事が必要になるかもしれません。まあ、たいてい油道《ゆどう》管《かん》のどこかが詰まっているか、油脈が涸れているかのどちらかだと思いますので、三日あれば、最低限原因をつきとめるまではできると思います。でも、油が出るようになるまで直すことはできないかもしれません」

何故、期限など設けるのだろうか。急ぎたい気持ちはわかるが、どうしたって出ないこともある。しかし、何かこの土地のしきたりでもあるのかと思って深くは追及しなかった。

三日過ぎたら依頼を更新するというようなことなのかもしれない。

邑長はセリの説明に対して何も言わなかったが、セリとしては当たり前のことを言ったつもりだったので、意思は通じているだろうと思った。

小規模な油井一基である。調査書と、工事計画書の作成までなら一、二日でできるだろう。調査の結果、油道管が詰まっているとわかった場合は分解掃除をすることになる。管の長さにもよるが、ひとりでやったら、分解掃除だけで最低三日かかるだろう。書類を作らずに、すぐに作業に入ったほうがいいだろうか。いや、やはり後々のためにも書類はきちんと作っておいたほうがいい。もうひとつの可能性、油脈が涸れていた場合は、工事の規模が大きくなるし、工期も長くなる。まず近辺の油脈を探索し、新たな櫓を建て、油井管を打ち込まなければならない。いずれにしろ、三日ですべてを終えるのは不可能に近いと言っていいだろう。初日に概要はわかるだろうから、そのときに説明すればいい。

セリの頭を、さっきの老潜人の姿がちらりと掠めた。き、その姿は頭の隅に追いやられた。セリは邑長にたずねた。

「岸から櫓までは、どうやって行くのですか？」

「浮橋があります」

邑長の答えを聞いて、セリは内心で快哉《かいさい》を叫んだ。都では、潜水部隊以外の水上作業員のために、油井はすべて作業橋でつながっており、各油井および陸地との間を歩いて移動できるようになっている。広場のように大きな作業床もある。しかし、橋脚のある橋を作るには、櫓よりも高度な技術が必要だ。一度に一、二名のみ渡れる浮橋なら比較的簡単に作れるが、橋の天板を支える浮袋は徐々に空気が抜けてしまうので、こまめに点検しなくてはならない。これらの問題のため、辺境の邑では橋の代わりに岸から櫓まで綱を張り渡してあるだけだったり、何もついていない、つまり油井に行けるのは潜人のみ、という場合もあると聞いていた。

「ひとつお願いがあります。助手をひとり、つけていただくことはできないでしょうか。橋があるなら、潜人でなくても櫓まで行くことができます。あたしが潜水作業をする間、水上から命綱を見張っていてほしいんです。専門的な知識や技能は一切要りません。ただし、水を恐れない素質があることと、多少の運動神経が必要です」

邑長は目を細くした。思案しているのだろう。人選を考えているのか、またはセリの願いそのものを吟味しているのか。セリは先回りした。

「あたしをここまで連れてきてくれたレンはどうでしょう。あの子は水を恐れないようです。頭の回転も速いみたいだし」

「なぜそんなことがわかるのです」

「少しの間一緒にいればわかります。潜人の感覚が鋭いのはご存知でしょう」

湖に落ちたことを黙っていたのは、邑へ来る道中、お願いだから誰にも言わないでとレンに懇願されていたためだ。

「……いいでしょう。明日、あの子の父親に伝えましょう」

それから、報酬の話をした。決して大きいとは言えない金額だったが、報酬が目的ではなかったので、セリは快く承諾した。

セリは邑長の家に間借りすることになった。使用人がウマを厩舎に入れ、荷物を部屋へ運び込んだ。あてがわれたのは家のいちばん奥の小さな部屋だった。一隅にしつらえられた寝床の他には何もない。それでも、野宿用の天幕とは比べようもないほど豪勢な暮らしだ。

セリは寝床に仰向けに寝転び、思い切り伸びをした。それから、永久煙管を取り出した。今ならかまわないだろう。煙管の注水口に水筒の水を少し垂らし、吸口をくわえて大きく吸い込むと、肺の中が湖の香りで満たされた。

レンは助手に指名されたと聞いてどんな顔をするかな、とセリは煙管の先を見た。都の市場で手に入れたベークライト製の煙管には、サカナをかたどった装飾が施されている。煙が出るところは半開きになった口で、その横に真ん丸い目がついている。こんな顔をするだろうか。

セリは煙管をふかしながら、目を閉じて、レンが見せた表情をひとつひとつ思い出した。香油の香りを吸い込むたびに、心が静まり、潜水時の精神状態である「虚」に近くなる。やがて、今日経験したこまごまとした出来事は湖底の貝殻のように沈殿し、ひとつの問いだけが残った。

レンが――そうなのか？

4

翌朝、なんとなくいそいそとした外の気配で目が覚めた。セリは様子を見ようと戸口まで行った。分厚い幕をめくって顔を出そうとすると、外から幕を引き戻そうとする者がある。昨夜食事を運び、セリの荷物を運び込んだ使用人の女だった。ずっとそこに立っていたらしい。

「宴の準備が整うまで、出てはなりません」

女は厳しい口調で言った。

「あっ、そうなの？」

セリは気圧されて、奥へ戻った。そして、窓を見上げてひとりごちた。

「……って言ったって、窓から出られるよなあ」

山側に一つだけ開いた窓は、かなり高い位置にあった。そこまでよじ登ることは困難だと思われたのかもしれないが、潜人にとって登攀《とうはん》技術は必須である。綱と鉤《かぎ》があればなんでもない。しかし、今はとりあえずやめておいたほうがいい。そう考えて、装備の点検をすることにした。

セリは都から潜水装備を一揃い持ってきていた。旅先で流しの潜人の真似事をするつもりはなかったが、それらを手放したら、自分が自分でなくなってしまうような気がしたのだ。

ナマコの皮をつなぎ合わせて作られた潜水服、眼鏡と口覆いが一体になった潜面《メン》、湖水から酸素を取り出す背嚢《はいのう》型の分離装置《エラ》、それと潜面とをつなぐ通気管。それから、分離装置が故障した場合に使う酸素玉《タマ》。これはあらかじめ口に含んでおいて、使用するときは不溶性の殻を噛み砕いて中の錠剤を飲み込む。そうすると、外呼吸をしなくても一時間ほどは生命を維持できる。ただしこの持続時間は全く身体を動かさない場合の話で、運動すればそれだけ体内の酸素を消耗するし、いずれにしても意識はかなり朦朧《もうろう》とする。

セリは訓練を別にして、一度だけ酸素玉《タマ》を使ったことがあった。入隊してすぐの頃だ。潜水作業の最中に突然呼吸ができなくなったので、学校で習ったとおり、速やかに酸素玉を噛み砕くと同時に救助を求める合図をした。そして、命綱が体に巻きつかないよう頭の上で押さえ、動きを止めてじっとしていた。

そのときに感じた静寂の美しさは、忘れることができない。

実際に周囲が無音になったわけではない。湖の中は、作業音やら、隊員同士が呼び交わす独特の喉声で、実はそれほど静かではない。セリが感じたのは、ひきのばされた一瞬の時間だった。見上げる水面は金色に輝き、ねっとりした湖水がやさしく全身を包む。そこにあるのは湖と、自分だけ。この明快さに、セリは「虚《きよ》」を保ちながらも、心の奥底で感動していた。このまま湖と自分が同化することが、自然の摂理に思えた。それが「死」というものなら、「死」は恐ろしいものではない。

……永遠にも思えた至福の静寂は、やってきた救出者によって破られた。

その男は、セリが配属された班の若い班長だった。彼は手本のような動作と手順で、セリの身体を抱えて水面まで泳いだ。それから、まだ朦朧としているセリを作業床の上の救護員に引き渡すと、再び湖に戻っていった。

「セリ、入ってもいい?」

聞き覚えのある声がして、セリは回想から引き戻された。おう、と応えると、入り口の幕が揺れてレンが入ってきた。

少年はセリのもとへは来ず、入り口の近くにこわばった表情で突っ立っていた。

「どうした、イワガニににらまれたナマコみたいな顔して。こっち来いよ」

セリは、床の空いたところを示した。レンははりつめた顔のまま、おずおずと進んで、ぎくしゃくと座った。

「ぼくを助手にするって……セリがそう言ったって、本当なの？」

セリはとぼけた顔で天井を見た。

「さあなあ、そんなこと言ったかなあ」

レンが愕然として口を開くのを見て、セリはにやりとした。

「ああ、言ったよ。びしびしやってもらうぜ」

少しの間を置いて、少年の顔いっぱいに笑みが広がった。

「ありがとう、セリ。ありがとう」

そして部屋の入り口を振り返って声をかけた。

「ラキエ、いいよ」

幕がまた揺れて、レンと同い年ぐらいの可愛らしい少女が入ってきた。シダの茎で編んだ籠を抱えて、少し恥ずかしそうな微笑みを浮かべている。

セリは潜水装備を手早く片付けて場所を空けた。少女はそこへ遠慮がちに籠を置き、レンの隣に腰を下ろした。

「紹介するよ。ぼくの許嫁《いいなずけ》のラキエ。ラキエ、セリだよ」

レンはふたりの顔を順番に見た。少女はやはり恥ずかしそうに、しかし、きちんと紹介されたことに満足した表情でうなずき、セリへ向かって両手を差し出した。レンが身を乗り出し、セリの両手をラキエの上向かせた手のひらへ導いたので、セリはやっとこの土地の正式なあいさつのしかたを知ることができた。

あいさつがすむと、セリは興味津々にレンとラキエを見た。

「許嫁だって……きみたち、いくつなの？」

「十三だよ。十六になったら祝言を挙げるんだ」

ふたりはうれしそうに顔を見合わせた。

「へえ。なるほどねえ」

何がなるほどなんだろうと自問しながら、セリはラキエの始めた仕事に注目した。

運んできた籠には、茶の道具が入っていた。ラキエが携帯用の風炉に固形油を入れると、レンが火打石で起こした火種をそこへ移した。少女は慣れた手つきで道具を扱い、レンの手伝いはなんとなくぎこちない。

湯を沸かすあいだにラキエは茶碗を三つ並べた。石器ではなく、ベークライト製の上等なものだ。それぞれの碗に、干し水草の茶葉を組み合わせを変えて二、三種類ずつ入れ、そこへ沸騰した湯を丁寧に注ぎいれた。

部屋にさわやかな磯の香りが満ちた。セリはすすめられて茶碗を手に取り、その香りを楽しんだ。茶葉の組み合わせは、セリの雰囲気に合わせて選んだのだとラキエが言った。

「セリはどうして旅をしているの？」

ラキエが、遠慮がちに訊いた。レンも興味深そうにセリを見ている。同じことを聞きたかったらしい。

セリは四つの熱い目に見つめられ、なかばたじろぎながら、

「……弟を捜してるんだ」

と答えた。若い婚約者たちは息を吸い込んだ。

「弟さんは、どうしていなくなったの？」

レンが、咳き込みながらたずねた。ラキエが横目で少しにらむ。あけすけすぎる訊きかただと注意したい様子だ。セリは、気にするなというように微笑んだ。

「正直、よく覚えてないんだ。あたしも小さかったから。両親が死んで、孤児院に入れられて……気づいたときにはいなかった」

「そんなに前のことなんだ」

「そうなんだよ。自分で稼げるようになって、ようやく金もたまったし、その……始めるときかなって」

セリは言葉を濁した。

「どうして、この邑へ来たの？」

「右へ行くか左へ行くか最初に決めて、湖岸沿いの邑を順番に訪れていっただけだよ。この邑は……何番目だろう。数えてないな」

「たぶん、ここが最後だと思うよ。この先、小さな集落はいくつかあるけど、ここと同じくらい大きな邑はもうないよ」

「うん、邑長もそう言ってた。ここはさいはての地なんだな」

「ここにいなかったら、次は『反対側』に行くんだね？」

「そうだな……」

セリは生返事をした。今こうして改めてレンと相対してみても、彼の顔はセリには全然似ていない。しかも、邑長の娘の息子という素性がはっきりしている。だから、レンはセリの弟ではあり得ない。それは理屈の上でも、また感覚的にもたしかなことだった。

にもかかわらず、何が何でも弟を捜し当てなければという、あの焼けつくような焦りがきれいさっぱりなくなっていることに、ゆうべ永久煙管を吸いながらセリは気づいたのだ。

一体これは、どういうことなのだろうか？

でも……と、そこでまた違う方へ考えがいく。

もし仮に、レンが生き別れた弟だったとしても、セリに何ができるだろう。彼には家族があり、婚約者があり、安定した生活がある。邑長の親族なら、邑の中での生活水準は平均より上だろう。

今のセリには収入も、住む家すらもない。そんな状況で彼を引き取ることなどできるわけがない。そういったことを何も考えずに旅に出た自分に、いまさらながら驚いた。

三人の間に流れた妙な沈黙を取り繕うように、レンが言った。

「弟さん、早く見つかるといいね」

「ああ、そうだな。……このお茶、すごくおいしいよ。ラキエはいいお嫁さんになるなあ」

セリは話題を変えた。

褒められたラキエは嬉しそうな顔をしたが、セリをまっすぐに見つめて意外なことを言った。

「ありがとう。でもね、本当はお嫁さんになるより、違うことをしてみたいの」

「何だよそれ。穏やかじゃないな」

セリは、ラキエとレンを交互に見た。レンは落ち着いて、むしろ誇らしげに婚約者を見ている。ラキエの態度も堂々としていた。

「レンには何度も話しているけれど、私、都へ行って勉強したいの。お兄さんのように」

「へえ、いいじゃん。やってみなよ」

セリが感心して励ますと、それが意外だったのか、ラキエの勢いは逆に弱くなった。

「……でも、この邑ではいままで女の人でそういうことをした人はいないの」

「そんなの関係ないよ。レンはそれについてどう思ってるんだ」

とセリは振った。

「ぼくは、ラキエがやりたいことをやってほしいと思う」

レンは胸をはった。セリは明るい気持ちになった。この子たちは、これまで訪れた邑のどんな大人よりも、はるかに進歩的な考えを持っている。都で勉強したというラキエの兄の影響なのだろう。

「レンは、なんかやりたいことあるの？」

「ぼく？　ぼくのは……それこそ無理だ……もちろん、できたらすごくいいと思うけど」

レンは急に歯切れが悪くなった。

「何だよ、言ってみな」

「ぼく……もし、ぼくに、素質があればなんだけど……潜人になりたいんだ」

セリは満面の笑みを浮かべた。予想通りの答えだったので、二重にうれしかった。

「もったいつけて。そういうことは早く言えよ」

レンは真っ赤になってうつむいた。

「だって、セリは本物の潜人だし、なんか恥ずかしくて。それに、素質があるのは百人にひとりなんでしょう？　しかも、試験に合格しても、その後の訓練で半分以上の人が脱落するって」

接続詞の多用が、少年の迷いをあらわしていた。セリは真顔になり、床に茶碗をおいて姿勢をまっすぐにした。

「レン。どんなことだって、やってみなきゃわからないんだ。やってだめなら、そのとき次のことを考えればいい。そうだろ？」

「う、うん」

「じつは、今度から潜水隊で、巡回試験を行うことが決まった」

「え」

レンは顔を上げた。

「慢性的な人手不足を解消するには、志願者がやってくるのを待っているだけでは足りないんだ。専任の試験班を作って、辺境の邑をひとつひとつまわって、そこで適性試験を行うことになった。この邑に来るのは、少し先のことかもしれないけど」

「………」

「約束してくれるか？　その試験を受けるって」

レンのまなざしも真剣になった。

「うん、約束するよ。必ず受ける」

セリは、レンが湖に落ちたときの様子から、彼には素質があると思っていたが、口には出さなかった。そういうことは自分で気づくべきだと思っていたし、万が一見立てが間違っていた場合、彼を深く傷つけることになる。

潜人になるための絶対条件、それは「水に対する忌避《きひ》反応がないこと」だ。

この特質は遺伝せず、また生まれたばかりの赤ん坊には忌避反応がみられないことから、その発現のしくみは次のように考えられていた。

すなわち、全ての人間の体内には水に触れたときに身体の各部に忌避反応を起こさせる因子があり、大多数の人間はその因子が早い段階で覚醒する、というものである。潜人の素質を持つ者とは、何らかの理由で因子が覚醒しない少数派のことであり、その割合は、レンが言ったように百人にひとりと言われている。彼らを生存本能の欠けた異常者とみなすか、それとも人間の未知の可能性を切り開く特殊能力者とみなすかについては、はっきりした見解が出ていなかった。

いずれにしろ、文明社会は彼ら「水に対する忌避反応を起こさない者」の存在なくしては成り立たない。食料の八割が湖を産地とし、そのうち六割は生産工程に潜水作業が含まれる。油については全量が湖底から産出する。油は照明、暖房、動力機関の燃料に使うほか、産業資材として大量に使われているベークライトの原料に用いられている。

「セリはいつ、どうして潜水学校の試験を受けたの？」

「十二のとき。どうしてって、それ以外考えられなかったんだよな。洗面器に水をはって顔をつけて、息を止めてもぜんぜん問題ないってことも試してたし」

「すごいなあ」

「そんなことない。単純なだけだよ」

本当に単純だ、とセリは思った。突発的な思いつき。衝動的な行動。でも、それがあたしなんだから、仕方ない。

「あの……『あれ』が苦手でも潜人になれるのかな」

レンがそっと訊いた。

「あれって？」

「ほら、明け方と夕暮れ時に出てくる」

名前を言うのもいやなようだ。

「ああ、稚児様のこと？　それなら関係ない。彼らは水中にはいない」

「いや、正確にはいるんだろうけど、人間の前には決して姿をあらわさないんだ。たぶん、岩にあいた穴の奥とか、水草の根元とかに隠れているんじゃないかといわれている」

「えっ、そうなの？」

「そうなんだ。水の中でどうやって息をしてるの？」

「鰓《えら》呼吸だよ。あたしらが背中にしょってる装置と同じ原理で、水に含まれる酸素を取り出して呼吸する。このへんがパクパクってするんだ」

セリは自分の首の横を指し示した。本当は「背中にしょってる装置」が稚児の鰓呼吸をまねているのだが。

「ふうん」

「そもそも、水の中だけで生きていけるのに、なぜ岩の上に出て日光浴のようなことをするのかもわかっていない。稚児様の生態は謎に包まれているんだ。ただ、人間に害を及ぼす生き物でないことは確かだ。そんなに毛嫌いすることはないと思うけどな」

レンはううんと唸って茶碗を口に運び、空っぽだと気づいた。それを見て、ラキエがくすくすと笑った。

そうやって三人は、一時間ほどお茶を楽しんだ。

ラキエがレンの袖をそっと引っ張ると、レンは思い出したように、もう行かなくちゃやと言った。

「ぼくたちは夜の宴には出られないんだ。明日はどうすればいい？」

「とりあえずここに来てくれ。道具を運ばなきゃいけないから」

「邑にはいつまでいるの？」

ラキエの問いにセリは、あれっという顔をした。

「どうしたの？」

ラキエは不思議そうに小首をかしげた。

「邑長に、作業を始めてから三日で終えろと言われたんだ。だから、それぐらいしか邑にいられないのかと思ったんだけど。ここではそういう決まりなのかなって」

「そんな決まり、聞いたことないわ」

「どういうことなんだろう。油が出なきゃどうにもなんないんだから、期限を設けるのはおかしいよな。急ぐのはわかるけど、三日っていうのは短すぎるよ。まあ、潜水隊の派遣を要請しているそうだから、工事は彼らに任せるとして、あたしの仕事はほとんど調査だけだって言っといたけど」

「でも、三日過ぎてもすぐには行かないでしょう？」

「働かない人間が、いつまでも置いてもらうわけにはいかないよ」

それを聞いてラキエは少し沈んだ顔になったが、すぐに目を輝かせた。

「私のお兄さんを手伝えばいいわ。子どもたちに学問を教えているの。都の話を聞けたら、みんな喜ぶわ」

セリは、考えとくよと言った。そして、レンはこの目の輝きに夢中になったのだろうと想像した。

5

夕暮れ近くになって、ようやく宴がはじまった。

湖が見える広場にかがり火がともされ、料理を盛り付けた皿が運ばれた。セリは房のついた色鮮やかな座布団の上に座らされ、なんとも居心地が悪かった。

笛や太鼓が鳴り響き、衣装を身につけた邑人によって踊りや寸劇が披露された。そのうちみんな酒も入ってきて勝手に歓談するようになり、セリは関心の的からはずれたような気がして、少しほっとした。

だがこんどは、邑人たちが次々にあいさつに来るようになった。

まず、邑長の息子が来た。息子は陰気な上にどことなく卑屈な薄笑いを浮かべ、三日間どうぞお楽しみください、と言った。仕事なのに楽しめだなんて、変なあいさつだなとセリは思った。

次にレンの両親が来た。母はさっき来た邑長の息子の妹のはずだが、まるで似ていなかった。しかし、レンとはそっくりだった。ほがらかな印象を与える弓なりの眉と、くりっとした丸い目が同じだ。どう見ても、ふたりは血のつながった親子だった。

彼女はセリの手を握りしめて額を押しつけ、何度も何度もお礼を言った。どうやら、レンが湖に落ちたことはばれてしまったらしい。おおかた、こっそり着替えようとしたのを見つかり、問い詰められて白状したといったところだろう。父は、レンを助手として使ってくれることをとても光栄に思うと言った。あれにそんな見どころがあったとはわたしたちも気がつきませんでした。都の潜人に失礼がないようによく言っておきましたが、少しでも気になることがあったら、どうぞ遠慮なく叱ってやってください。

次に来たのは、身体の大きな、のっそりした青年だった。まだ若いが、宮守《みやもり》らしい装束を身に着けている。

「ユハシといいます。妹のラキエが、お世話になったと聞きました」

セリは、ああ、と言って相手の顔をしげしげとみた。体型はまるで違うが、利発そうな広い額がよく似ている。

「邑外れの岬に、私が預かるお宮があります」

ユハシは愛想よく言った。

「明日お参りします」

セリは答えた。潜人は湖に入る前に、水神様を祀ったその土地の宮に参詣するのが習わしである。青年は立ち上がるとき、セリにだけ聞こえるようにささやいた。

「家の方にも寄ってください。大事な話があります」

それからにっこり笑って、素敵な夜を、と普通の声で言い、来たときと同じようにのっそりと去った。

あっけにとられているうちに次の者が来て、ユハシの背中は人垣に飲み込まれた。

それからもセリは、たくさんの邑人にねぎらいや励ましや期待の言葉をかけられ続けた。中には涙を流す老婆もいた。老婆は、どうか私たちを「青き大きな水」に正しく導いてくださいと言ってセリの手を握りしめた。

その言葉を聞いてセリは、辺境の村にはそういう民間信仰があると潜水隊で耳にしたことを思い出した。「青き大きな水」とは、湖のことではない。この世界の外側にある、果てしなく広大な水の広がりを指すそうだ。湖の温かい緑の水に親しんでいるセリにとって、湖よりも大きいという青い水のイメージは、どことなく冷たく、不気味な感じのするものだった。

夜半近くになって、ようやくセリは解放された。まだ広場には人が残っていたが、邑長に帰ってもいいと言われ、若い衆に付き添われて帰った。

部屋に入ると、体が急に重くなったように感じた。人疲れだろう。

寝床に腰を落ち着けて永久煙管をくわえると、ふいにうれしさがこみあげた。明日は「カタライ」ができる。

セリは幸福な気持ちで煙管をふかした。

広場の方から、宴の余韻がときどき聞こえてきた。

第二章　カタライ

1

カタライの仕切りはセリに任された。ひょっとして、湖に入るのにややこしい儀式があったり、時間帯を制限されたりといったことがあるかもしれないと恐れていたが、杞憂だった。歓迎の宴が催された広場から帰るとき、明日はどうすればよいかと邑長に尋ねてみたが、あなたのよろしいようになさってくださいという答えだった。

早朝に起きたセリは、部屋で永久煙管をふかしながら湖図を眺めた。これは昨日、レンとラキエが帰ってから宴が始まるまでの間に、邑長に頼んで用意してもらったもので、セリは既にそこに記された内容をすべて頭に入れていた。櫓の機構図とこれまでの調査や工事の記録の類も要望したが、そういうものはないとの返事だった。潜水隊にいたセリにとっては信じられないことだったが、昔ながらの職人的な潜人とはそういうものかもしれないと思った。

そうしていると、いくぶん緊張した面持ちのレンがやって来た。

「おう、日が暮れっちまうよ」

「ごめんなさい。あんまり早く来ても悪いかと思って。すぐに始める?」

「冗談だよ。あわてなくていい。今、段取りを考えてる」

レンは、湖図をはさんでセリと向かい合う位置に、遠慮がちに座った。

「これが湖図? ぼく、はじめて見た」

「そうだろうな。あれ、嫁さんは?」

セリがわざと意外そうに言うと、レンは顔を赤くした。

「まだ、違うよ……ラキエは自分の家にいるよ」

「そうか。あの子の家、お宮さんなんだってな。ゆうべ、兄さんに会ったよ」

「ユハシさんでしょ。今日は授業があるから、ラキエはその手伝いをするんだ」

「ああ、子どもたちに学問を教えてるって言ってたな。レンとラキエもそこで教わってるの?」

「うん。半分はユハシさんの手伝いだけどね」

セリは、少しあらたまった口調で言った。

「レン。お宮へ連れて行ってくれるかな」

レンは湖図に見入っていた顔を上げた。

2

お宮は、湖に突き出した小さな岬の突端にあった。ユハシとラキエの兄妹が住む家はその手前、岬のたもとにある。決して大きくない家だが、そこに子どもたちを集めて教えているのだと、通りすがりにレンが説明した。

石造りのお宮は、水神を鎮《しず》めるために湖に向いていて、周辺はよく手入れされていた。セリは正面に回ってお堂の中を覗き、感嘆の声を上げた。

「すごい」

こんなところで、こんなものにお目にかかるとは思ってもみなかった。

ふつう、お宮にあるのは水神をかたどった石像だ。水神の鱗や骨とされる小片が、飾り立てた小さな容れ物に入れられて置かれている場合もある。しかし、いまここに鎮座しているのは、潜人が使用する硬式耐圧潜水服《こうしきたいあつせんすいふく》だった。潜水隊では「鎧《よろい》」と呼ばれていた。器械式の作業手がついており、油井の建設などの重作業に用いられる。

「かなり古い型のようだけど……使えるのかな」

セリは軽く興奮していた。潜水隊でも、実務で鎧を使ったことはなかった。

「わからない。ユハシさんに訊いてみたらいいんじゃないかな」

レンは、鎧にはそれほど興味がなさそうだ。彼にこの土地の参拝の仕方を教わり、ふたりで神妙にお参りした。お宮から戻ると、家の前にユハシが立っていた。

「声が聞こえたものですから。よく来てくださいました。どうぞ中へ」

セリは奥の間へ通された。レンは教室として使っている前の間に残り、ユハシと何やら打ち合わせめいた話を始めた。

奥の間はユハシの居室らしく、さまざまな書物や道具や標本の類がところ狭しと積まれていた。セリは都の香りのするそれらのものに懐かしさを覚え、近寄ってよく見ようとした。

壁に掛けてある世界図を眺めていたとき、ユハシが入ってきた。

「あなたにとっては、珍しいものではないでしょう」

若い宮守はセリの横に立って、一緒に図を見上げた。

「じつはそうでもないんです。潜水学校のとき、座学はサボってばかりだったから」

「でも、成績はよかったのではないですか？」

セリは答えの代わりに、にっこり微笑んだ。そして、

「この邑はどの辺りですか」

と世界図を示した。

巷にある世界図のどれひとつとして、測量に基づいて正確に作られたものはない。都も邑も湖岸の付近にしかないし、背後にそびえる山の向こう側は未知の世界だ。つまり陸地での人の移動は、実際には岬や入江や起伏があるのでそう単純ではないものの、一本の線の上を行ったり来たりするようなものだから、正確な地図は必要ないのである。湖図の正確さと緻密さに比べたら、地図は落書きに毛の生えた程度のものだった。ただし湖図も、都や邑単位では詳細なものが作成されているが、全体図はない。

いま、セリの前にある世界図は、多少はもっともらしく描かれたものだった。大きな円の中に、下端を揃えて小さな円を描く。すると、上は幅広く、下は線の幅しかない、三日月のふたつの角《つの》の先をつなげたような円環ができる。外側の円は山の稜線で、内側の円は湖、その間が人間の住める土地、すなわち居住帯である。世界はだいたいこのような形をしているということで、学者の意見は一致していた。

「邑はこのあたりです」

ユハシは内側の円の、時計でいうと四時のあたりを指し、次に、

「都はここでしょう」

と一時のあたりを指した。二つの点を結んだ線は、セリが旅をしてきた道のりであった。

セリの視線は地図上の旅路をたどり、その先へ進んだ。

「この一番下の細いところはどうなってるんですか」

「垂直に切り立った崖です。この邑の先に行くと、だんだん地形の起伏が激しくなり、進むことができなくなります。ですが陸地自体は続いていて、この左側の方とつながっていると思われます」

「世界の外側には何があるんですか」

セリは単刀直入に訊いた。この図では、そこはあいまいにぼかされていた。ユハシは教師の顔をセリに向けた。

「潜水学校ではどう教わりました」

「シダも苔も生えていない、乾いた岩山が果てしなく続くと。でも、昨夜の宴で『青き大きな水』という言葉を聞いたんです。それは、岩山地帯のもっと先にあるんですか？」

「そういうことになりますね。乾いた岩山が続くというのはその通りです。山の上に登って向こう側を見た者の報告が複数あります」

「見ただけ？　実際に行った人はいないんですか」

「いるかもしれません。中には山を登っていったきり下りてこなかった者もいるそうですから」

「つまり、詳しい調査をして戻ってきた者はいないと」

「そのとおりです。そもそも、湖が与えてくれる恩恵だけで満ち足りた暮らしができるので、危険を冒して山の向こう側へ探検に出かける必要はないのです。それでも行きたいと思う者は、純粋な好奇心の持ち主でしょう。あなたは、行ってみたいですか」

セリはしばらく考えてから答えた。

「……もし本当に『青き大きな水』があるなら、どんなものか、ちょっとだけ見てみたい気はします。でも、わざわざそこまで行きたいとは思わない。想像するだけで充分です」

「想像することは大事です。学びのきっかけになりますからね」

「生徒たちにもそう言っているんですね」

セリがくすりと笑って指摘すると、ユハシは苦笑した。

「はは、すみません。最近は誰に対しても先生の口調になってしまうようで、困ります」

ラキエがお茶を持って現れたので、ユハシとセリは敷物の上に座った。ラキエは、例の少し恥ずかしそうな微笑みをつやつやした頬に浮かべて、ふたりの前に茶碗を置いた。それから踊るような足取りでレンのいる前の間へ出て行った。

「いい娘ですね。レンとよく似合ってる」

「ふたりは幼なじみなのです。今年の初め、お互いの気持ちを確かめた上で婚約させました。都の感覚で見ると奇妙かもしれませんが、辺境ではこの年頃でそうすることは珍しくありません」

セリと向かい合ったユハシは、目を細めて、レンとラキエのいる部屋へ続く幕を見やった。それからセリのほうへ向き直ると、真顔になった。

「ゆうべは失礼しました。いきなりあんなことを言って。びっくりされたのではありませんか？」

「いいえ、それほどでも。……話って、何です？」

その程度のことで驚いていては、潜人など務まるわけがない。

「カタライの前の潜人に、動揺を与えてはいけないことはよくわかっています。しかし、どうしても気になることがあるのです」

「大丈夫です。あたしは他の人の半分の時間で『虚』に入れます」

セリは微笑んだ。ユハシはお茶をすすって一息入れた。

「あなたが、こういった辺境の現状について、どれだけくわしいのかわからないのですが……実際のところ、人々は驚くほど迷信にとらわれています」

ユハシは、巨体に似つかわしくない繊細なしわを額に刻んで、目を閉じた。

「妹から聞いたのですが……邑長はあなたに、仕事の期間は三日と言ったのですか？」

「そうです」

「三日で仕事が終わらなければ、どうすると言いましたか」

「別に何も。そのまま打ち切りにするか、そこで一区切りつけて、先のことを考えるということかと思っていました」

ユハシは、セリの顔を穴があくほど見つめた。

「セリさん。私はある理由から、あなたに危険が迫っているのではないかと考えています。その理由をお話ししてもよろしいでしょうか。それほど長くはかかりません」

「どうぞ。お聞きしましょう」

ユハシはひと呼吸おいて、話しはじめた。

「私の父は流しの潜人でした。母は私を産んだときに亡くなったので、顔も知りません。私は物心つく前から、父に連れられて辺境を旅する生活を送っていました。そんな中、父はこの邑で、ラキエの生母となる女性と出会ったのです。彼女は、たったひとりの肉親であった宮守の父親を病気で亡くした直後で、ひとりでお宮をやっていこうとしていました。

そこへ父が現れ、ふたりは結婚して、お宮を守りながら油井をみることになりました。母――私にとっても母としての実感があるのはこの人なのでそう呼びますが――は、潜人ではありませんでしたが水を恐れなかったので、父のカタライのときには助手をしました。十三年前、いまと同じように油が出なくなり、父はカタライをして、別の油脈を探しました。母はそのときラキエを産んだばかりだったので、父はひとりでカタライをしたのです。来る日も来る日もカタライを続け、父の疲労は深くなっていきました。それでも邑のために、父は休みもとらずに働き続けました。そんなある日のことでした。父は、夜になっても湖から戻ってきませんでした。次の日も、その次の日も戻りませんでした。私たちは待ち続けました。湖ではテングサやホンダワラが枯れ始め、貝も採れなくなっていき、そのうち暴風雨が来てひどく荒れだしました。荒れは何日も続き、おさまる気配がありませんでした。すると邑の一部の人々は、あろうことか母を非難しはじめました。父のカタライの仕方が悪くて、水神様の怒りを買ったのだと」

セリは息をするのも忘れて聞き入った。

「ただでさえ、父がいなくなり、乳飲み子を抱えて不安定になっている母に、人々の陰口は追い討ちをかけました。母の心は壊れてしまいました。母は……嵐の湖へ飛び込んだのです」

ユハシはそこで言葉を切った。

「この邑には昔、十年ごとに新たな油井を掘る習わしがありました。その際、水神様を鎮めるために若い娘を人柱として捧げる忌《い》まわしい儀式を行っていたそうです。儀式は少人数で行われ、表向きは事故ということにされていましたが、公然の秘密だったようです。父は流しの潜人として邑に来たときに偶然そのことを知り、儀式をやめるなら無報酬で油井を掘ろうと言って儀式をやめさせました。その結果、何事もなく油井は完成し、人柱を捧げなくても水神様はお怒りにならないことを示すことができたのです。ですが、それから十年後にああいうことが起きてしまいました。

父も母もいなくなったので、私と妹は邑長の家に預けられました。ほどなく、私は邑を出ました。十四歳のときです。レンの母親のルミさんが私を説得して、都へ戻る商人に私を預けたのです。まだ赤ん坊だったラキエのことが気がかりでしたが、母と仲の良かったルミさんが、レンと一緒に育てるからと言ってくれたのです。私はその商人に商いを教わり、少しですが学問も得ることができました。ですが都へ出て十年目に、例の儀式のことがどうしても気になり、邑に戻ることにしたのです。実際に戻ってみると、ラキエは邑長の家で使用人のように扱われていました。邑長とその息子が、何かと理由をつけて、家事ができる年ごろになったラキエをルミさんから取り返していたのです。お宮も荒れ果てていました。私はラキエを引き取り、お宮を再建し、子どもたちに学問を教え始めました。同じ悲劇を繰り返さないためには、教育が重要だと痛感したからです」

ユハシはまた、お茶を一口すすった。セリは胸を痛めながらも、今しがた見たお宮を思い出した。

「もしかして、お宮にある鎧は……」

「父が使っていたものです。私が邑を出た後に、流しの潜人が湖底で見つけたそうです。父と交流のあった邑人が、その潜人から買い取ってくれていたのです。私はそれを、父と母の悲劇を忘れないためにあそこに安置しました」

ユハシは遠い目をした。

「私が何を危惧しているか、もう大体おわかりになったでしょう。潜人は勘が鋭いと聞きます」

「まあ、大体は」

セリは背中に、いやな汗が流れるのを感じていた。潜人でなくても、話の流れから結論は想像がつくだろうと思った。

「……邑長は、あなたを人柱にするつもりだと思います」

なぜか、人柱という言葉の時代がかった響きが可笑しくて、セリは少し笑ってしまった。

ユハシは、セリが本気にしていないと思ったのか、語気を強めた。

「邑長は、油が出なくなったときから、人柱となる娘を探していたのだと思います。しかし、邑の中から選ぶのは、いまとなっては問題が多い。人々の意識は、少しずつではありますが啓《ひら》かれていますし、母のことではみんな後味の悪い思いをしていますから。思案していたところへあなたが来た。潜人として仕事をさせると見せかけて、人柱にしてしまおうと目論んだ。三日という期限を定めたのは、その間に仕事を完遂できなかったといって、あなたを水神様に捧げる口実にするためではないでしょうか。また、仕事をさせておけば、後で来る潜水隊には、潜水中の事故だったと言うことができます。

実際いま、テングサやホンダワラが枯れ始めていると聞きます。十三年前と同じ状況になりつつあるのです。私が邑に戻った年には新しい油井は掘られず、したがって人柱の儀式は行われませんでした。次の年も、その次の年も、何事もありませんでした。油井や湖にこれといった異常がなかった上、私の存在も多少は押さえになっていたのだと思います。だから一応は安心していたのですが……。邑長は、あの女は、迷信にとらわれた旧《ふる》い人間です。十三年前も、率先して父や母を非難したのはあの女だったのです」

そう言われてみると、セリにも思い当たることがあった。邑長の家にはじめて行ったとき、ずいぶん待たされたこと。見張りがいて、外に出られなかったこと。そのことを告げると、ユハシは腕組みをして考え込んだ。

「あなたを待たせているときに、邑長と息子のふたりで相談していたのでしょう。しかし、見張りまでつけているとなると、あなたが逃げ出すことができる機会は、カタライのときだけということになる」

「見張りはいつもいるわけじゃないですよ。現に、今朝はいなかったし」

「セリさん、提案があります」

ユハシは大きな身体を縮めるようにして、ことさらに声をひそめた。

「はい」

セリもつられて小声になった。

「今日のカタライのあと、元の場所へは戻らずに、お宮のある岬の真下へあがってください。崖を登ると、中ほどに横穴があります。その穴の中に、老人がひとりで住んでいます。少し変わり者ですが、危険はありません。そこで夜になるまで待機していてください。暗くなったら、誰にも見られないように逃がしてあげます」

セリはその光景を想像した。善意の邑人の手助けで、敵地の真っ只中から、からくも逃れる主人公。辻芝居でそんな場面を見たことがあった。

「ユハシさん」

セリは落ち着いた声で言った。

「はい？」

「人柱ということは、湖に投げ込まれるまでは生きているってことですよね」

「まあ……そういうことになりますか」

セリは、口の端を上げてみせた。

「だったら大丈夫です。あたしは潜人です。そこらの娘とは違います。手足を縛られていたって、必ず湖面へあがって、投げ込んだやつらに両手を振ってみせます。そういう訓練も受けています」

これは本当だった。潜水技術、特に湖底の油脈を探す技術を身につけている潜水隊員は、誘拐されたり犯罪に巻き込まれたりする危険があるため、さまざまな状況での護身の方法を身につけている。

ユハシは、喉に何かが詰まったような顔をした。セリは続けた。

「むしろ、湖に投げ込んでも死なないことを見せつければ、邑長たちの目も覚めるのではありませんか」

「そんな危険なことはしないでください。お願いです」

思わず身を乗り出すユハシを、セリは軽く手を上げて制した。

「それに、その気になればカタライの途中で逃げ出すことだってできます。湖の中をどこまでも泳いで、誰にも見つからずに」

「それは……そうですが」

「お心遣いありがとうございます。でも、あたしも仕事を引き受けた以上、簡単に放り出すわけにはいきません」

「ですが」

セリは再び手を上げた。

「では……かわりにひとつ、あたしのお願いを聞いてはもらえませんか」

ユハシは少しほっとした様子を見せた。

「私にできることでしたら、何なりと」

「子どもたちに会わせてほしいんです。ここには邑の子どもが集まるんでしょう？」

ユハシは口を少し開けた。セリの「お願い」が、思いもかけない内容だったからだろう。

先ほどから、教室のほうで子どもたちの声が聞こえ始めていた。ひとり、またひとりと集まるにつれてにぎやかになり、レンとラキエが手こずりながらまとめようとしている様子が伝わってくる。

「あなたも、そろそろ教室に出ていったほうがいいんじゃありませんか？」

セリは微笑んだ。ユハシは苦笑して、うなずいた。

「わかりました。というか、お願いされるまでもありません。むしろ私のほうから、子どもたちに話しかけていただくようにお願いしようと思っていました」

ユハシはのっそりと立ち上がり、セリを促して隣室へ入った。

十名ほどの子どもがそこにいた。年齢はさまざまだが、皆レンとラキエよりも小さい。昨日、路地で見た顔もあった。

約二十個の小さな瞳が、いっせいにセリに集まった。

「先生、おそーい」

「その女の人誰？」

「ぼく、昨日この人見たよ！」

「先生の奥さん？」

「お姉ちゃん、都から来たの？」

セリは文字どおりもみくちゃにされた。レンとラキエがあわてて交通整理をしようとする中、セリは子どもたちの質問にひとつひとつ、ていねいに答えた。あたしはセリ、奥さんじゃないよ、そうだよ、都から来たんだ。引っ込み思案で質問できない子には、こちらから話しかけた。きみ、名前は？　邑のどのあたりに住んでるの？　勉強は楽しい？

ひとしきり言葉をかわすとセリは、さ、これから授業なんだろ、先生とラキエ姉ちゃんの言うことをよく聞いてしっかり勉強するんだぞ、ほら、座って座って、とその場を仕切って子どもたちを座らせてしまった。そしてラキエを見て、にっと笑った。ラキエはほっとした顔で、ぺこりと頭を下げた。

セリは、この邑ではレンとラキエは子どもか大人か、どちらなのだろうと思った。婚約は正式なものとして認められているらしいが、昨夜の宴には来なかった。この私塾では、生徒の中の最年長者として、先生の助手のような扱いらしい。子どもと大人、どちらにも属さない立場にいるように見える。

セリがレンを伴って外へ出ようとすると、せっかく座らせた子どもたちが、また立ち上がってぞろぞろとついてきた。

ユハシの、くれぐれも気をつけて、という言葉に、セリは余裕の笑顔で応えた。潜人とその助手は、小さな応援団のにぎやかな歓声に見送られて、仕事へ向かった。

3

セリとレンは邑長の家に戻って支度をし、湖へ急いだ。途中、すれ違う邑人が笑顔であいさつしてきた。曲がりくねった路地のそこここに、洗濯物を抱えて行き来する女たちの姿が見える。このようなのどかな土地に、人柱などという凄惨《せいさん》な風習や、ユハシが考えているような謀略が生まれる素地があるとは思えなかった。

湖岸に出た。茶色っぽい岩石の湾で、右手にはコブ貝の養殖場があり、男たちが働いていた。岸から櫓には、邑長が言ったとおり浮橋が通っていた。油道管は橋の天板の下に取り付けられ、岩を刳《く》りぬいて作られた油槽につながっている。櫓までは目測で約百五十米。少し遠いな、とセリは思った。油井は当然、岸近くに設けたほうが便利である。これより近くには油脈を発見できなかったのだろうか。

セリはレンに、ここで待ってろと指示し、ひとりで浮橋を渡った。両側で天板を支える浮袋には十分空気が入っており、問題なさそうだ。櫓まで来ると、振り向いて叫んだ。

「いいぞ。気をつけて、ゆっくり歩いてこい」

レンは最初はおっかなびっくりだったものの、すぐに細い浮橋の上をまっすぐに歩くようになった。橋の造りがしっかりしていたおかげもあるだろう。彼は水に落ちることなく、櫓までやってきた。

セリは櫓の下の作業床に乗って真上を見た。セリの許しを得て、レンも床に乗った。

櫓は、ベークライトの構造材で組み上げられた堂々たる構造物だった。頂上では、例の風車が湖上の風を受けて軽やかに回っている。風向きにあわせて風車の向きも変わるようになっている。櫓の水上部分は目測で約五米。ベーク材が波に洗われる部分には、フジツボがびっしりついていた。

作業床の中央にポンプがあり、頭上の風車とつながっている。通常なら、クランクで往復運動に変えられた風車の回転力によって油が汲み上げられるのだろうが、今はむなしく軸が上下するのみだ。

セリの頭に疑問が浮かんだ。単純な汲み上げ機構だが、全く整備が不要ということはないだろう。油を注すとか、風車の羽の具合を点検するとか、少し考えただけでもいろいろやることがありそうだ。それに、浮橋もちゃんと整備されている様子だった。水上なら、潜人でなくてもみることができるから、邑人の中にそういう役目の者がいると考えるのが自然である。

「レン、この風車をみてる人がいるだろう？　油を注したり、調整したり」

「うん、ジンさんとルイさんがそういうことをやってるよ」

「それ誰？」

「伯父さんの友達」

セリは思案した。助手をつけてくれるように頼んだとき、なぜ邑長は、少なくともレンよりは風車に詳しいであろうそのふたりを推薦しなかったのか。もっとも、セリとしてはレンでよかったのだが。

ふたりは浮橋へ戻った。

セリは、道具入れの中から綱と浮袋を取り出し、浮袋のほうはレンに渡して、膨らませるように指示した。そして自分は、綱の一方を浮橋にくくりつけ、あらかじめ錘《おもり》をつけてあるもう片方の端を、静かに湖中に下ろしていった。綱の束を半分ほど残したところで、重さが消えた。水深十七米。

ということは、この櫓は全体で二十二米もの高さがあるのだ。セリはもう一度櫓を見上げ、感嘆の口笛を低く吹いた。それから、浮袋を膨らませてしまって手持ち無沙汰に突っ立っているレンに、その浮袋を装着してやった。

「よし、基本事項を説明するぞ。一時間カタライしたら十五分休む。これを普通は一日五、六回やる。昼は一時間休憩にするが、体が重くなるからあたしは何も食べない。きみは家に帰って食べておいで」

レンはひとことも聞き漏らすまいと集中している。

「あたしがカタライしてる間、きみは基本的に待っているだけでいい。あたしが水から上がったら、火鉢をつけてくれ。たいていは自力で上がるけど、引き上げを頼みたいときは下から綱を引く。この綱についた浮標《ブイ》がこんなふうに動いたら、綱を引っ張りあげてくれ。急ぐとかえって危険だから、ゆっくりでいい。こんな感じだ。一、二、三」

セリは実際にやってみせてから、レンに場所を譲った。彼は真剣な顔で綱を引き上げる練習をした。

「そうだ、いいぞ」

セリは次に、橙色の筒をレンに渡した。

「半分に折って水につけると煙が出る。緊急のときに陸地に知らせるためのものだ」

「緊急のときって？」

「例えば、引き上げた綱の先にあたしがいなかったとき、とか」

真面目な顔で言った。途端にレンの表情がこわばった。

セリがレンを選んだ理由はこれだった。

この子はとても素直で、考えていることが手に取るようにわかる。それに、セリを熱烈とも思えるほど好いている。邑長の話を聞くまでは、あの老潜人を探し出して手を組もうかとも考えていたが、潜水作業に必要なのは何をおいても相手への信頼だ。見知らぬ土地で命を預けるなら、技術はあるが何を考えているのかわからない大人よりも、技術はなくても自分を好いてくれる子どものほうが余程いい。

「とにかく、なにかあったらこの発煙筒を焚《た》いて、戻れるんだったら陸地まで戻って、大声で助けを呼べ。間違っても自分で何とかしようなんて考えるな。わかったか」

「うん、わかった」

「よし、それじゃ作業の手順を説明する。今日はおもに油脈が生きているかどうかの調査をする。生きていた場合は汲み上げ機構の点検、死んでた場合は……新しい油脈を探す。まず、湖底まで一気に降りて、採油口まわりの油の流れの有無を調べる」

レンはうなずいた。セリは潜水服の上に羽織っていた着物を脱いで、水に入った。

「いまから虚に入る。悪いが話しかけないでくれ」

そう言うとセリは潜面をつけ、一度頭まで水に浸かると、レンに背を向けた。

片手を作業橋の上に置いた錘に載せ、水の中で静かに直立している。

冬の風に似た悲しげな音が、湖の上を低く流れはじめた。

レンは目を見張った。

羽ばたいている。セリの肩が、ゆっくりと。

信じられないほど長い間隔で呼吸しているのだ。

羽ばたきは徐々に大きくなった。

その呼吸が十回ほど繰り返された後、セリは錘を持った手をするりと落とした。しぶきひとつ立てず、まっすぐに水中へ消えた。

レンは火鉢と、道具袋と、発煙筒とともにひとり浮橋の上に残された。


セリは、錘とともに一気に降下した。

全身を取り巻いていた泡が上へ抜け、やがて深緑の静寂が訪れる。

この瞬間がたまらなく好きだった。湖が迎えてくれていると、いつも感じた。水は意思を持つもののように身体の隙間に入り込んで、セリを同化しようとする。髪の毛や爪の間や皮膚の皺に。それに対して、セリは逃げも隠れもしない。できることなら、この狭い身体を脱ぎ捨て、湖と一体になりたいと思っているから。

湖に入るとき、最も大事なことは何か。

答えは「平常心」。潜水学校の最初の授業で習うことだ。

潜人は、分離装置《エラ》によって分離された水中の酸素を、特殊な呼吸法で吸入する。気持ちが少しでも乱れれば呼吸に影響し、たちまち酸素不足に陥る。そのため、潜人はたとえ仲間の死を目撃しても動揺しない精神力を身につけなければならない。その特殊な精神状態は「虚」と呼ばれる。

潜水隊では、同じ作業をする班がいっせいに湖に入り、全員が「虚」になるのを待って作業を開始する。一定時間内に「虚」になれない者は、補充要員と交代する。

セリが「虚」になれなかったことは一度もなかった。他の隊員に、コツを伝授してほしいとよく聞かれたが、コツなどなかった。セリにとっては、それこそ息をするのと同じくらい自然なことだったのだ。

半眼にした目の前を、巨大な構造物が上へ流れていく。

降下しながら、セリはその壮麗さに感じ入っていた。産業機械に壮麗とは妙な形容だが、実際この櫓には、そうとしか表現できないようなたたずまいがある。中心には一本の油井管が通り、その周囲を、工芸品のように繊細に組まれたベーク材の櫓が守護している。規格に従って作られた都の櫓とは違う、職人技の粋が凝縮した「作品」と言っていいような気がする。

邑長が言ったとおり、湖は薄かった。水草の群落も貧弱だ。呼吸にいつもより注意を集中する。起伏の多い湖底に着くと、セリは綱を構造材に結びつけてから、櫓の中へ入った。そして、腰嚢《ようのう》から二本の「く」の字に折れ曲がったベーク棒をとりだし、一本ずつ握った拳を胸の前でそろえた。そのまま前に突き出し、油井管にそっと近づけていく。油が流れていれば、棒が左右に開くはずである。

反応しない。

管のまわりを、同じようにして丹念に探り、少しずつ輪を広げていった。だが、どの地点でも棒はぴくりとも動かなかった。

セリは浮上した。潜面をとると、心配そうに見ているレンに向かって首を横に振った。

「だめだ。既存の油脈は死んでる。これから新たな油脈の探索をする」

セリは水から上がり、広さのある作業床で湖図を広げ、レンに説明した。

「油脈の候補地はふたつ。ここと、ここだ。岸に近いほうを先に調査する」

レンは湖図を食い入るように見た。線や記号がごちゃごちゃと入り乱れ、何がどうなっているのかさっぱりわからない。セリがいま指した二箇所には、既にセリの手による印が書き入れられていた。

「湖図を見ただけで、油のある場所がわかるの？」

セリは微笑んだ。

「大体ね。あとで説明してあげる」

そして、道具袋から黄色に染められた浮標を取り出してレンに手渡した。

「離れた場所での作業には、これを使う」

レンは言われる前に、空気孔を見つけて息を吹き込み始めた。

膨らませた浮標をセリは満足気に受け取り、綱を結びつけた。次に、自分の足首に錘を巻いた。レンが注意して見ると、腰にも、もともと錘が巻いてあった。

「さてと……浮標と一緒に湖底を歩いていく。今度は自力では上がれないから、引き上げを頼む」

セリは浮標に結びつけた錘を持って沈んだ。再び、ふたりは湖面で隔てられた。

セリは櫓の中心から、東西と南北に十米を測り、発条銃《バネ》で目印を打ち込んだ。そうしておいてから地形を見、頭の中にある湖図と照合した。寸分の狂いもない。方位と距離を測りつつ、浮標とともに移動する。泳ぐのと違って、歩くのは結構しんどい。しかし、測量作業の場合はこちらのほうが効率がいいので、仕方ない。

行く手に大きな断層があった。湖底が四米もせり上がり、垂直の崖が立ちはだかっている。錘をつけていても、登攀《とうはん》は地上よりも格段に楽なので、セリは断層を軽々と越えた。

目的の地点に着き、湖底に浮標を固定した。途中に水流があったが、向きも流れの強さも湖図にあったとおりだった。セリは改めて、櫓の製作者とおそらく同じであろう湖図の製作者に敬意を感じた。

セリはベーク棒を手に持ち、油の流れを探索した。いくつかの地点で反応の強さを測り、徐々に輪を狭めていき、最終的に中心を絞って目印を打った。地中に埋もれた山の頂上の位置を当てるような作業であり、想像以上に神経を使う。

再び浮標を引いて最初の地点に戻り、綱を引いて合図した。

（一、二、三……）

セリは目を閉じて数えた。レンが綱を引く律動が、心臓の鼓動と呼応する。レンは教えたとおりにやっている。セリは安心して、綱に身体を委ねた。

湖上に顔を出して潜面をとると、レンの真剣な顔がすぐに笑顔に変わった。

「見つかった」

と報告すると、レンは目を丸くした。

「もう？」

「余裕があればもうひとつの候補もあたる」

セリはそう言うと水から身体を引き上げ、宣言した。

「休憩にする。飯食って来い」

すると、レンが固い決意を顔に表した。

「セリが食べないなら、ぼくも食べない」

セリはあきれて天をあおいだ。

「莫迦《ばか》。そんなことで意地張ったって何の得にもならねえぞ。帰りにふらついて足でも踏み外されちゃ困るんだよ。家に帰ってちゃんと食わせてもらって来い」

「セリと同じようにしたいんだ」

レンは食い下がった。セリは、はああ、とおおげさにため息をついた。

「いいから食え」

そう言って、荷物の中から小さな巾着を取り出してレンの手に押しつけた。

「食べないと化けて出るぞ」

「でも……セリのものでしょ」

「誰のもんでもない。湖のもんだ」

レンがしぶしぶ巾着を開けて中身をたしかめると、さまざまな種類の干し水草が入っていた。レンはその中から、細かい網のような白い水草を選んで「いただきます」と言って口に入れた。適度な塩気と甘みが広がる。

セリは一人用の鍋に湖水をすくって火鉢であたため、煮沸《しやふつ》してからレンに手渡した。今度は素直に受け取った。

セリは道具入れから永久煙管を取り出し、湖の水にちょっとつけてから、吸口をくわえて深く吸い込んだ。目を閉じてゆっくりと吐き出す。レンの存在など忘れたかのようにくつろいでいるように見える。

「ほんとにセリは食べないの？」

レンは干し水草を湯に浸してやわらかくしようとしている。

「食べないほうがいいんだって。あたしを殺す気か」

ぎょっとしたレンの顔を見て、セリは言葉の悪さに気づいた。

「冗談だよ」

そしてレンの肩ごしに向こうをすかして、見えた景色に笑顔になった。

「嫁さんとおふくろさんが見てるぞ」

セリは、くわえ煙管で両手を思い切り伸ばし、おおげさなくらいに振った。レンははじかれたように振り返り、岸壁にたたずむふたりの女の姿を見つけた。

レンの母親は、乳飲み子だったラキエを預かり、実の娘同然に育てた。レンとラキエの婚約が決まったとき、誰よりも喜んだのはこの母だった。

「……やっぱり、一度戻るよ」

ひとしきり手を振ると、レンはセリのほうに向き直ってぽそりと呟いた。

「ああ、それがいい」

わざとそっけなく言って、しっしっと追い払うような手まねをする。

浮橋を歩いて岸へ向かうレンの足取りは、来たときよりもずっとしっかりしていた。

セリは、三つの人影がひとつになったのを確かめたあと、筆箱と耐水板を取り出して、櫓の機構図を描きはじめた。

レンは一時間たつ前に戻ってきた。邑の広場に日時計があり、それに基づいて一時間ごとに鐘が鳴らされる。セリは機械式の携帯時計で時刻をみていた。

「ちゃんと食ったか?」

レンは元気よくうなずいた。

「よーし、午後の部、始めるぞ。油井設備の測量をする」

セリはそれから三本潜り、櫓を含む油井設備と、油道管および浮橋の測量をすべて終えた。午前中に見つけた油脈の位置も、念のためにもう一度測量した。

作業を終え、すべての計器類をはずし終わり、忘れ物はないかと水の中を見回した。

その視界に、見慣れない影が映った。

セリは目をこらした。沖のほうに、人のような形をしたものが、ぽつんと浮かんでいる。稚児だろうか? だが稚児は、水の中では人の前に姿をあらわさないはずだ。もっとよく見ようと、そちらへ行きかけると、それが確かに手招きをした。

身体をまっすぐにしたまま、右手の手首から先だけがゆらゆらと揺れている。

(誰……?)

とつぜん、頭をぐいっと後ろへひかれた。後頭部に尻尾があって、それを引っ張られたような感じだ。

セリは我に返った。いつのまにか乱れていた呼吸を整える。息苦しさから恐慌に陥らないよう、「虚」の状態に戻ろうとする。

手招きしていたものは、もういない。

(何だ、今のは……?)

セリは「それ」の姿の細部を思い出そうとした。

単純な往復運動を繰り返す手以外は、まったく動いていなかった。水の中なのに不自然だ。

髪の毛は長かったろうか……顔は……

顔?

セリは綱を掴んで思い切り引いた。レンがこれまでと同じ速度で引き上げる綱にすがって、セリは上昇した。

水の膜がどろりと破れ、光が透明になる。

冷たい空気が頭を締めつけた。力を振り絞って潜面を引き剝がし、浮橋に取りついて大きく息をする。

遅れてやってきた恐怖の衝撃は大きかった。全身の力が抜けそうになり、橋の天板にしがみついて身体を支えた。波で身体が上下する律動を感じて、正気を取り戻そうとする。

「セリ、大丈夫?」

レンがおろおろして見ている。

「ああ……なんとか」

「顔が真っ青だよ」

セリはもう一度、空気を肺の底まで入れて、ゆっくりと吐き出した。

「もう平気」

なんとか笑顔を作る。

「何か、あったの?」

「何でもないよ。ちょっと水が薄いだけだ」

セリは橋によじ登った。

「水が薄いと、どうなるの?」

「酸素がね……足りなくなる」

そして、レンが引き寄せた火鉢にあたって、あったかい、と目を閉じた。

「今日は、もう終わり？」

レンはまだ心配そうだ。

「うん、そうだな」

セリは岸を見やった。

見えない力で引っ張られた方向。その先には、お宮のある岬があった。

浮橋を歩いて帰るとき、荷物の半分をレンに持たせせた。来るときは、危ないので何も持たせなかったのだ。レンは喜んで、いまにも走り出しそうだったので、走ったら今日限りクビだぞと脅した。

邑長の家に戻って荷物を置いたあとも、レンがなかなか帰る様子を見せないので、セリは心理作戦に出た。

「そういえば、今朝ラキエがお茶持って来てくれたとき、レンが三日間もいないって泣きそうになってたよ。だけどおまえの前では笑顔で振る舞ってた。健気な娘だよなあ……」

しみじみ言うと、レンは飛んで出て行った。じつに扱いやすい。

4

セリは永久煙管だけを携えて家を出た。見張りはいなかった。最後のカタライで呼吸が乱れたが、それを除けば今日の作業は体力的には楽なほうだった。もうひと仕事する余力は十分にある。

お宮の岬からそれほど遠くないところに、湖面まで下りていけそうな場所を見つけた。着物をするりと脱いで水着姿になり、脱いだものはまとめて帯で頭の上にくくりつけ、セリは器用に岸壁を下り始めた。

水に入ると、岬を目指して泳ぎ始めた。ちなみにこれはカタライではない。「泳ぐ」ことと「潜る」ことはまるで違うからだ。

岬の突端に来て見上げると、崖は張り出しになっており、綱と鉤を使わなければ登れなさそうだった。セリは手ぶらで来たことを後悔した。ユハシは、湖から洞窟にどうやって登るのか説明しなかったので、簡単に登れるものだと思っていたのだ。よく考えたら、ユハシは上から下りたことしかないのだ。

戻って、綱と鉤をとってこようかと思案しつつ壁を回りこんでみると、綱が一本垂れているのを見つけた。綱の元は、崖の中腹に消えている。そこに、ユハシが言っていた横穴があるに違いない。

セリは後ろを振り返り、少し泳いで崖から離れた。すると、老潜人がレンを助けた磯が見えた。崖に近づくと、磯は別の崖に隠れて見えなくなった。磯の方から、この綱を上り下りするところは見えないということだ。

セリは綱を引っ張って簡単に強度を確かめると、さっさと登り始めた。切れたところで湖に落ちるだけだから、たいしたことはない。

綱は切れなかった。登りきると、思ったとおり横穴があった。入り口は身をかがめないとくぐれないが、中はそこそこ広そうだ。セリは立てるところまで行くと、頭上の荷を解いて着物を羽織り、帯を締めた。

穴の奥には、薄闇がわだかまっていた。その闇の中に、人の形をした塊があった。

セリは目をこらした。そこにうずくまっているのは、たしかにレンを助けた老人だった。ただし、あのときとはだいぶ印象が違う。伸ばし放題の髪と髭は真っ白で、太い眉毛の下の目は落ち窪み、まるで生気が感じられない。身体を縮めているせいか、筋骨隆々に見えた身体も、いまはふた回りも小さく見える。

穴の中に家具らしいものはひとつもない。老人の前に、汚れた食器類が少しあるだけだ。

こんなところで、ずっと暮らしているのだろうか。

「こんにちは」

セリは恐る恐る呼びかけた。老人は、目やにのたまった目を上げた。その瞳の色は、深い青だった。そんな色の瞳を、セリは初めて見た。

「さっき、助けてくれましたよね」

やはり何も言わない。だが、セリには確信があった。手招きをする幻に惑わされそうになったセリを、後ろから「引っ張って」正気に戻してくれたのは、この人だ。

虚に入っているときは、感覚がとてつもなく鋭敏になる。水の中にいる他の潜人の気持ちが手に取るようにわかることも珍しくない。地上にいる、しかもこんなに離れた距離からの思念を感じ取ったのは初めてだったが。

「お礼を言いたくて来たんです」

セリは老人の方へ、数歩近づいた。

老人が低い声で呟いた。

「いい着物だ。貝藍の重ね染めに刺し子細工」

「ありがとうございます」

老人が意味のあることを言ったので、セリはほっとした。

「よう来て下された」

老人はうずくまったまま、感極まったように相好を崩した。

セリは眉をひそめた。他の誰かと勘違いしているのかもしれない。

「わしは……」

と言ったあと、あ、あ、と言う声が長く続いた。言葉を必死に思い出そうとしているようだ。

「青き大きな水！　青き大きな水に行け！」

とつぜん老人は、腹の底から出るような大声で叫んだ。

セリは驚いて身を引いた。

老人はまっすぐにセリを見ている。いや、セリのはるか向こうの何かを見ているようだ。

「……を歩かせたのか？」

「え？」

「櫓を、歩かせたのか？」

老人は、一音一音区切るように怒鳴った。

櫓は歩きませんよと言おうとして、こういうときにむやみに反論するのはいけないと、どこかで聞いたのを思い出した。

「いいえ」

とだけ答えた。すると老人は顔を曇らせた。

「櫓を歩かせなきゃだめだ」

むすっとして言った。そのすねたような言い方がなんとなく可愛らしくて、セリは少し緊張を解いた。

「もうひとつ、お礼を言わせてください。レンを助けてくれてありがとう。一昨日、湖に落ちた男の子のことです」

老人はやはり遠くを見たまま、ぼんやりしている。セリは思い切って言った。

「あなたは、ユハシとラキエのお父さんですね」

それは、ユハシの話を聞いたときに思いついたことだった。ユハシは何かの理由で、本当は生きているが表向きは死んだことになっている父親をかくまっているのだろう。不幸な事故で頭をやられたのか。あるいは――とセリはひらめいて、慄然とした。本当に、湖に還ったあとに戻ってきたのか。だとしたら……。

しかし、老人は無反応だった。

「弟さんは見つかったかね？」

老人が出し抜けに言った。

「！」

セリは、頭を思い切り横殴りされたような気がした。

なぜ、それを？

三年前のあの日のことが思い出された。潜水学校の実習で初めて湖に潜った日、鮮烈に感じた「弟」の存在。今まで、誰にも話したことはなかった。

老人が、かっと目を見開いた。

「あ……あ……青き大きな水……！」

前のめりになり、視線はセリから離さず、手を伸ばして這いずってくる。

「青き大きな水を目指せ！　青き大きな水を！」

セリはあとじさった。老人は叫ぶのをやめず、機械のように同じ言葉を繰り返している。

着物を脱ぐのも忘れて湖へ飛び込んだ。無我夢中で泳ぎ、岸に上がるとそのまま走った。

邑長の家にたどり着いて部屋に戻ると、どっと疲れが押し寄せた。乾いた着物に着替えるのもそこそこに、寝床に倒れこんで夜具を引き被った。

5

目が覚めたとき、部屋の中は真っ暗になっていた。しばらくぼんやりしていると、入り口のところで光が揺れた。

「セリ？」

ラキエの声だった。

「入ってもいい？」

「ああ」

自分の声がガラガラになっていることに驚いた。ラキエは静かに、セリのもとへやってきた。灯りと食事の盆を置くと、ラキエは心配そうにセリの顔を覗き込んだ。

「具合悪いの？」

「いや。ちょっと疲れただけだ」

セリは身を起こしながら答えた。頭が重い。

「何かあったの？」

「ううん」

ラキエにはとても言えない。死んだはずのお父さんが生きていたんだよ。ただし――正気じゃないけど。

「レンはどうした？」

セリは努めて明るく訊いた。

「親戚の誕生日祝いの準備に駆り出されて、抜け出せないらしいの。かわりに明日のことを聞いてきてくれって」

「そうか、あいつも忙しいんだな。明日も今日と同じだって伝えておいてくれ」

セリは指でこめかみを揉んだ。それを見てラキエが気遣った。

「頭、痛いの？　冷やすための布をもらってきましょうか？」

「いや、大丈夫だよ」

と答えてセリは、この娘がそう遠くない過去に、この家で使用人同然に使われていたという話を思い出した。ラキエにとって、ここは決して楽しい場所ではないはずである。加えて、ラキエの兄は邑長を嫌っており、当然邑長もそれを知っているはずだ。そんな家にひとりでやってくるのは、かなりの覚悟が要るのではないだろうか。

セリは、少女のすっきりと整った顔立ちを見た。同い年のレンよりも大人びて見えるが、それでもまだ「子ども」という言葉がしっくりくる顔だ。だが、きっと芯は強いのだろう。

ラキエは、セリの視線を受け止めて微笑んだ。セリも微笑みを返し、夜具から抜け出した。そして灯りを引き寄せて、食事の盆を照らした。

「これ、ラキエが作ってくれたの？」

ラキエは残念そうに首を振った。

「ここへ来たら、ちょうどできたから持って行ってくれって言われたの」

セリはこっそりため息をついた。一昨日とまったく同じ献立だ。炙った干し貝と磯汁。いくら燃料がないといっても、もう少し工夫のしようがあるのではないか。大体最初からおかしいのだ。油切れで困っていると言いながら三日しか仕事をさせないと言ったり、宴はセリのためではないと言ったり、ちっとも歓迎している様子がない。

ユハシが言ったことが一瞬頭をかすめた。

この食事に毒でも入っていたら……。

だが、もしそうなら、ラキエに運ばせたりするはずがないと思い直した。

「ラキエは、ごはんは？」

「もういただいたわ。家で」

「お兄さんと一緒に？」

「ええ、そうよ」

セリは磯汁の碗を手に取りながら考えた。

「あのさ、お願いがあるんだけど」

「何？」

ラキエは例のごとく目を輝かせた。

「明日から、ラキエの家にごはん食べに行っていいかな。もちろん、燃料と食材持参で」

「本当に？　うれしいわ！」

ラキエは手をたたいて喜んだ。

セリは食欲がわかないまま、ラキエが持ってきてくれた食事を口に押し込んだ。

「ラキエ、青き大きな水ってなに？」

宴のとき、セリのところへ来た老婆は「どうか私たちを青き大きな水に正しく導いてください」と言った。そして洞窟にいた老人は「青き大きな水を目指せ」と言った。ユハシは、青き大きな水が岩山地帯の先にある可能性を示唆したが、それが邑の人々にとってどのような意味を持つのかを知りたかった。

「えっ、知らないの？」

ラキエの声は無邪気だ。

「民俗学の授業は寝てたんだ。有名なの？」

「みんな知ってるわ。死んでから魂が行くところよ」

「ふうん」

死後の世界か。あの老人はなぜあんなに執拗に「青き大きな水を目指せ」と迫ったのだろうか。あたしに死ねということか？

そう考えると胸がむかむかしてきて、よけいに食事が不味《まず》くなった。

「ナギサがあって、サカナがいるんですって」

「ナギサ？」

はじめて聞く言葉だった。

「岸が岩じゃなくて白い砂で、それがずっと沖まで続いているそうよ」

セリは想像した。真っ白い砂の地面に打ち寄せる青い波。水の中には永久煙管がたくさん浮いている……。

セリが食事をする間、ラキエはそばにいて話し相手になってくれた。ラキエが帰ったあと、セリは重い腰をあげた。今日の調査の結果を邑長に報告しなければならない。

油脈が涸れていたこと、新しい油脈をひとつ見つけたこと、櫓の測量をしたこと、明日はさらなる油脈の探索を行う予定であること、を手短に伝えたが、邑長はほとんど無反応だった。

部屋に戻るともう休みたかったが、やらねばならないことがあった。測量図の清書だ。

セリは道具入れから潜人灯を取り出して軽く振った。青い光があたりに満ちた。陰気な光なので生活の場には適さないが、炎よりも光度があり安定しているので、作業にはこちらのほうがいい。

測量結果はすべて頭に入っており、いつでも引き出すことができる。潜人独自の記憶術であり、虚の精神状態でこそ為せる技だ。

地上部分は、昼休みに描いたスケッチをもとにした。

セリは出来上がった図面を見て考え込んだ。使われていない歯車がある。

風車の回転運動を、汲み上げポンプの往復運動に変えるのはクランクだ。歯車は、回転運動を回転運動のまま伝える機構だ。昔は何かに利用していたのだろうか。例えば、資材用の貝殻をすりつぶすとか。

セリは、いま描いた歯車のとなりに、大きな疑問符を書き込みたかった。

第三章　櫓の秘密

1

レンは昨日よりも早めにやってきた。

「昨日、すごく疲れてたみたいだったってラキエが言ってた」

「今日と昨日は違う日だ」

一晩寝たら、頭がすっきりした。セリは永久煙管を悠然と吸った。

「今日は油脈をもうひとつふたつ探索する。見つかったら目印をつけて、それから油道管の掃除をできるところまでやって……それで終了だな。あとはやつらの仕事だ」

「やつらって？」

「都の潜水隊さまだよ」

できることなら潜水隊との鉢合わせは避けたかった。が、本音としてはもっとカタライをしたい。特にセリは、あの櫓にすっかり魅せられていた。知れば知るほど設計に無駄がなく、機能美の極地だ。ひとことで言って、惚れ惚れする。それだけに、いまは無駄のように見えるあの歯車が、本当は何に使うものなのか、気になって仕方がなかった。

ふたりは櫓へ向かった。

昨日と同じように、レンが浮標をふくらませ、セリがそれを投げこんだ。湖底まで降下し、沖へ向かって歩いて行くと、岸側にあるのと同じぐらいの高さの断層があった。浮標の綱を伸ばしながら、切り立った崖を下りる。

崖下に着いた。水が冷たい。

セリは沖側を振り返り、目標地点を確認しようとした。そして、意外なものを見つけた。いや、意外ではない。当然予想しなければいけなかったものだ。

明らかに人工物とわかる、丸い穴。その周囲に等間隔に配置された、四つの短い杭。セリはそのつつましい廃墟に、しばしたたずんだ。杭――櫓の足の残り――の根元に、爪のようなササメ貝がついている。永久煙管に使う香油をとる貝だ。

櫓は、以前この位置にあったのだ。それを解体して、岸に近い油脈の上に再び組み立て、油井を掘ったのだ。そのこと自体は奇異なことではない。

都では、油井は増える一方のため、櫓は新しい材で組むのが普通だ。一方で、死んだ油井の櫓は安全性を考慮して解体され、別のもの——例えば作業橋とか——に再利用される。古い櫓の材をそっくりそのまま、新しい油井に使うなど考えられない。だが、都のように物資が豊富でない辺境においては、充分考えられる手法だった。

では、セリが抱いた違和感とは何か。

ユハシは、父は来る日も来る日もひとりでカタライをした、と言った。それは、よく考えるとおかしな話なのだ。たったひとりで、何をしていたのか。

櫓を解体して、別の場所でもう一度組み上げる作業は、時間はかかるだろうがひとりでできなくはないかもしれない。問題は油井の掘削だ。これを流しの潜人がひとりでやるのは不可能である。潜水隊なら頑丈な作業床を湖上に作り、蒸気機関を設置し、油を動力として掘り進むが、それができない場合は人力に頼るしかない。セリは教科書でしか知らないが、鎧を着た人間が湖底に下り、丁字形の掘削棒の柄の両端をふたりで同時に押し回して孔を深くしていく、気の遠くなるような作業である。

ひとりしかいなかったら、今のセリのように測量や探査をし、あとは増員を待つしかない。せいぜい、小さな試掘孔を開けるぐらいだ。ユハシの父は何をしていたのだろうか。油脈が涸れたときに、ひとりでできることとは？

――櫓を歩かせたのか?

――櫓は歩きませんよ。

老潜人の声と、自分の心の声が共鳴した。

セリは目印としてそこに浮標を固定し、現在の櫓に戻った。岩に開けた穴に足が差し込まれ、隙間にベークライトを充塡してある。櫓の中心には、藻のこびりついた油井管が鎮座し、水上にむかってそびえている。セリは、櫓の横材を手がかりにゆっくりと上昇した。油井管の継ぎ目が下へ流れていく。油井管の中には採油管が差し込まれ、風車の機構が油層から滲み出す油を汲み上げている。セリは昨夜描いた図面を思い出した。機構につながっていない無駄な歯車……。

セリはほとんど無意識に、浮橋から垂れた綱を引いて合図した。水上に出ると、レンの驚いた顔があった。浮標の下で作業していると思ったら、目の前の綱が引かれたからだろう。

「ユハシのところに行く」

セリは身体も拭かずに、着物を引っ掛けて岸へ向かった。レンがあわててあとを追う。

浮橋を渡り終えて陸に移ると、セリは走り出した。息を切らしながらついてこようとするレンに、おまえは家帰って飯食えと怒鳴った。正午にはまだ大分時間があったが、レンは渋々セリの言うことに従った。

2

セリがユハシの家の近くに来たとき、ちょうどユハシが戸口から出てきた。彼は走って来るセリを驚いた顔で迎えた。

「何かあったのですか？」

深刻そうな声でたずねるユハシの前で、セリは身体を折って呼吸をととのえながら、一刻を惜しむように喋った。

「櫓の、図面を、持っていませんか？」

「とりあえず中へ」

ユハシはセリを家の中に導くと、小声で諭すように言った。

「実は今、あなたに言いに行こうとしていたのです。すぐに村を出てください。三日の期限の謎が解けました。人柱を捧げる儀式の日どりが明後日なのです。古い暦を調べてわかりました。まちがいありません」

「そんなこと、どうでもいい！　櫓の図面があるのかないのか聞いてるの！」

セリは勢いよく上体を起こし、手を大きく横に払った。その手が、ユハシの腕に当たった。セリはハッとした。

「ごっ、ごめんなさい」

「いいえ」

ユハシは微笑した。

「セリさん、どうか落ち着いて聞いてください。あなたの身に危険が迫っているのです」

セリは息を吐いて気持ちを鎮めた。

「……儀式は明後日だというんですね」

「そうです」

「油が出る見通しが明日までにつけば、人柱を捧げる理由はなくなりますよね」

「理屈ではそうですが、しかし……」

「思いついたことがあるんです。大規模な工事をしなくても、今あるものを使って油井を掘ることができるかもしれない。でも、細かいところは図面がないとわからないんです。あなたのお父さんが描いた図面が。それに、工具も必要です」

「セリさん、あなたの仕事への情熱はわかりました。ですが、私は本当にもう誰にも犠牲になってほしくないのです」

「あたしは」

セリは再び語気を強めた。

「……潜人です。いつでも湖で死ぬ覚悟はできています。今、あたしはどうしても櫓の秘密を知りたいんです。櫓の機構が、あたしが考えているとおりだとしたら、あなたのお父さんは天才です。あたしは今まで他の潜人を尊敬したことなんて一度もなかった。自分が一番だと思っていたから。でも、はじめて尊敬したい人ができた。あなたのお父さんです」

一息に言った。ユハシは身じろぎもしない。

「昨日、カタライのあとに、お宮の下の穴に行きました」

「えつ……」

ユハシはとまどった。セリは、脱走の手引きをしようというユハシの申し出を断ったではないか。なのになぜ、という顔だ。セリは思いきって言った。

「お父さんですね」

ユハシの顔が強張った。

図星だ。セリは身構えた。ユハシの元の計画では、セリは洞窟からそのまま逃げることになっていたのだから、たとえ穴の中の老人がユハシの父親だとばれたとしても、セリの口から他の邑人に伝わる恐れはなかった。しかし、今は違う。極端な見方をすれば、セリはそのネタを元にユハシを強請ることだってできるのだ。

はたして、ユハシはどういう行動に出るか。格闘では素人に負けない自信があるが――

セリの目の前で、ユハシはがっくりとうなだれた。

「セリさん、お願いです。このことはラキエには言わないでください」

「どうして」

セリは家の奥に注意を向けた。ラキエはいま不在らしい。

「あの様子を見たでしょう。父は普通じゃない」

ユハシの顔に、深い苦悩の色があらわれた。

「だから、あんなところに閉じ込めてるの？」

セリがわざと冷たく言い放つと、ユハシは目を見開いた。

「それは違います！　本人が出ようとしないのです。戻ってきてからずっとあそこにいて、湖を眺めてばかりいる。まるで何かを待っているようなのです」

必死に訴えるユハシを見て、セリは態度を和らげた。

「お父さんは、いつからあそこに」

「気がついたのは半年ほど前です。お宮を掃除していたときに、声が聞こえて……。毎日、食事を運んでいるのですが、手をつけません。どうやって命をつないでいるのか」

ユハシは声を絞り出した。

「あの人は、モドリなのですね」

セリは静かに言った。ユハシは憔悴《しょうすい》しきった顔で、口をぎゅっと結んだ。

「モドリ」とは、潜人のあいだで囁《ささや》かれる噂だった。湖で行方不明になった者が、何年も経ってひょっこりあらわれる現象およびその人を指す。

潜水隊でも、「本当にあった話」という断りつきの噂が何種類も、寮の部屋や食堂や廊下の隅で語られていた。具体的な地名や個人名が強調され、モドリになると固形の食物を受け付けず、湖水だけで生きるようになるとか、首の横に湖底生活の名残である鰓のあとがあるとか、いくつかの類型におびただしい尾ひれが付け加えられていた。しかし、モドリが前と同じ人間ではなくなっているという結末だけは共通していた。彼らが変わってしまったのは、湖底で水神様と出会って人間たちへの伝言を預かるが、その内容のあまりの異様さに精神が耐えられなくなったためであるとも言われた。モドリが収容される特別な病棟が存在するという噂もあったが、実際に見たものは誰もいなかった。

セリは、ユハシの顔をじっと見つめた。

「あの人は、湖に入っているときは正気でした。水に落ちたレンを助けてくれたのは、あの人だったんです」

ユハシは奇跡を目の当たりにしたような表情になった。それから片手で顔を覆い、もう一方の手を壁について身体を支えた。

「お願いです。図面を貸して」

セリは青年の分厚い肩にそっと手をかけた。ユハシは力なく首を振った。

「油井に関する図面や工具類はすべて邑長のところにあるはずです。父がいなくなったときに、保管場所を移されたのです」

その身体からは想像できない、か細い声だった。

「邑長は、図面はないと言っていました」

セリが言うと、ユハシは顔を上げた。

「それは嘘だと思います。あなたの仕事を遅らせるためでしょう」

「じゃあ直談判する」

「……私も行きましょう」

足を踏み出そうとするユハシを、セリはそっと押しとどめた。

「ありがとう。でも、あなたが行けば余計に反感を買うでしょう。それよりも、探してほしいものがあります」

3

セリが邑長の家に行くと、戸口の前であの陰気な息子が、シダの茎で縄を綯《な》っていた。

「櫓の図面を貸していただきたい」

セリはいきなり言った。男が答えた。

「図面はないと言ったでしょう」

やはりおかしい、とセリは感じた。反応が機械的で、考えている様子がない。

セリの動きは素早かった。右手が水しぶきのように跳ね上がり、男の耳に添えられた。手のひらの中に、周囲から見えないように潜人用の短刀を隠している。

「騒ぐと耳を削ぎ落とすぞ。本気だ」

「何を……」

男の顔が驚愕に歪んだ。

「図面を出すのか出さないのか」

セリは刀を押しつけた。実際に当てているのは刃ではなくみねの方だ。男の呼吸が乱れる。

そのときだった。

右腕を後ろからつかまれた。すばやくひねられ、刀を持った手を自分の背中に押し付けられた。

「……！」

突如、関節に生じた痛みに声も出ない。少しでも動いたら、ぽきりと行く。

「潜刀をそんな風に使えと誰が教えた？」

感情のない声だった。隠したり、押し殺しているのではない。はじめから感情が存在しないのだ。そして最悪なことに、よく知っている声だった。

（冷血漢め！）

罵詈《ばり》にしては綺麗な響きの言葉だ。

セリは歯噛みした。要請を受けてやってきた本物の潜水隊と鉢合わせする可能性は、当然考えていた。だが……

よりによってこいつとは。

セリは腕の力を抜いた。潜刀は背後にいる男の手に渡った。男はセリの前に出ると、邑長の息子に向かって深々とお辞儀をした。

「私は都の潜水隊のシザと申します。部下が大変な非礼を働きまして申し訳ございません。この者はあとさきも考えず、衝動的に手が出てしまう愚か者でございます。お腹立ちはごもっともと存じますが、私に免じてどうかお許しいただけませんでしょうか」

息子はぽかんと口を開けてシザを見上げた。相手がセリだけなら、恫喝《どうかつ》されたと騒ぐこともできただろうが、突然、彼女の上司と名乗る上等な着物を着た男が現れ、丁重に詫びを入れられた。怒る機会を逸してしまったのだ。

「なんでいま来るんだよ。ややこしい」

セリはぼそりと不平を言った。シザは振り向いて叱責した。

「なんだその口のききかたは。きみもこの人に謝れ」

この状況では、シザの言うとおりにするしかなかった。

「す、すまなかったな」

もっと喋ると本音が出てしまいそうなので、それしか言えなかったのだが、シザはセリの語尾にかぶせるようにしてさらなる詫びの言葉を続け、邑長の息子が目を白黒させているうちにセリを促してその場を立ち去った。

「なぜ、あんなことをした」

曲がりくねった路地を早足で歩きながらシザが小声でたずねた。怒っている様子はない。もっとも、この男から感情が読み取れたためしはない。

「話すと長くなる」

セリはむすっとして言った。

「……まあいい。とにかく、すぐに帰るぞ」

「帰る？　あんた、油井を直しに来たんだろ」

「何を言っている。私はきみを連れ戻しに来たんだ」

「邑からの要請を受けて、派遣されたんじゃないのか」

「違うと言ってるだろう。すぐに荷物をまとめろ……といっても、きみはさっきの家に泊まっているのだったな。いま戻るのはまずいから、少し時間をおけ」

おそらく邑人に尋ねたのだろう。都から来た潜人が邑長の家に滞在していることは誰もが知っている。セリはギリギリと歯嚙みした。この男はいつもこうなのだ。妙に手回しがよくて隙がなくて、それを鼻にかけるならまだ人間味があるが、当然のことのようにすましている。

「連れ戻すってなんだよ。あたしは隊を辞めたんだ。あんたはもう関係ないだろ」

「きみの辞表は受理されなかった」

いらつくセリとは対照的に、シザは歩く速度を落とし、永久煙管を取り出して悠然とふかし始めた。

「なんだって」

「退職は認めないというわけだ。観念しろ。休暇は終わりだ」

「こっちだって遊んでるわけじゃないんだ」

セリのいらいらは最高潮に達した。シザの顔がこちらを向いた。

「まさか、潜水の仕事をしているのか？　内規違反だぞ」

そのとき、前方から大きな箱を抱えたユハシがやってきた。

「セリさん、ありました。鎧が見つかったとき、一緒に櫓の部品のようなものが回収されていたのです」

息を切らせながら報告し、「こちらは？」とシザのことをたずねた。

「あたしの『もと』上司のシザ」

セリは鼻の頭にしわをよせた。ユハシの顔が明るくなった。

「じゃあ、潜水隊の？　よかった。これでやつらも手出しができない。派遣潜水隊の目がある中で、滅多なことはできまい」

「何の話です」

シザがたずねた。

「あ、それ話すと長くなるから。とにかく図面を手に入れないと」

セリはあわてて割って入った。

「やはり、ないと言ったのですか？」

「あの陰険な息子がね。こんどは邑長に直談判に行く」

セリの言葉を聞いて、ユハシはシザに向きなおった。

「申し遅れました。私は宮守のユハシです。シザさん、お願いがあります。セリさんと一緒に邑長のところへ行って、櫓の図面を出すように言ってください。現役の潜水隊員の要求とあれば、彼女も断れないでしょう」

「待ってください。話が見えないのですが」

「くわしいことはあとでお話しします。こうなったら、やつらにぎゃふんと言わせてやりたい」

シザはセリをじろりとにらんだ。

「あとでゆっくり聞かせてもらうからな」

邑長は、相変わらず何を考えているのかわからない無表情で、そういえばどこかにあったかもしれませんといって席を立ち、しばらくしてから古びた図面の束を持って現れた。シザが受け取り、セリが内容を確認した。相当な年数を経ているらしく、余白にはびっしりと書き込みがあった。セリは図面をたたむと、さっさと席を立った。この家の空気を、もう一息でも吸いたくなかった。なにが「そういえば」だ。

さあ話を、と促すシザを、邑人に聞かれるとまずいので沖で話すとかわし、セリは湖へ急いだ。

湖岸へ来ると、浮橋のたもとにレンがひとりぽつんとたたずんでいた。セリは胸に痛みをおぼえた。自分を一番信頼してくれているこの少年を抜きにして、これからのことを決めてしまったことに気づいたのだ。

「レン、悪いけど午後の仕事は無しだ」

セリはすまなそうに言った。

「えっ」

レンは目を見開いて棒立ちになり、それからシザをちらりと見た。セリは言い訳を続けた。

「潜水作業はしないから、補助は要らないんだよ」

「明日は？」

レンは必死だ。

「……わからない。今日これからの成り行きによる」

セリは微笑もうとしたが、頬が痙攣《けいれん》しそうになった。レンから顔を背け、その横をすり抜けて浮橋を渡りはじめた。シザが黙って、あとに続いた。

4

「一般人に補助をやらせてたのか」

シザの声に、かすかな棘があった。ふたりは櫓の下の作業床に腰を落ち着けていた。

「あたしは辞表を出した時点で、潜水隊を辞めて流しになったと思ってたんだ。流しなら、どんな仕事をとろうが、誰を助手に使おうが自由だろ」

シザは静かに息を吐き、ゆっくりと言った。

「……話を聞かせてもらおうか」

セリはこれまでのことを話した。湖に落ちたレンを助けたこと、謎の老潜人のこと、邑長の依頼のこと、三日の期限のこと。十三年前に起こった悲劇と、ユハシが考えている邑長とその息子の企みのこと。老潜人はじつは十三年前にいなくなったユハシの父親で、ユハシは周囲にはその存在を隠していること。油井については、油脈が涸れていることがわかったので、油井設備の測量と新しい油脈の調査だけをして、あとは潜水隊に引き継ぐつもりでいたが、つい先ほど、人手がなくても櫓を別の油脈の上に移動して油井を掘削できる方法があることに気がついたので、残り一日半でそれを試したいと思っていること。

話し終えてセリは、思いがけなく心が軽くなっていることに気づいた。見知らぬこの土地で、いま自分が一番心を許せる相手が、あれだけいけすかないと感じていたこの男であることが不思議だった。

シザは抑揚のない声で言った。

「つまりきみは、命を狙われている可能性があると知りながら、その状況から抜け出す手立てを考えずに平然としていたわけか」

「だけどそれは、ユハシだけが言ってることなんだ。証拠は何もないし、あたしにはとうてい信じられない。それよりも、あたしはこの櫓のことをもっと知りたいんだ。そして、それを作った人と……話をしてみたい」

最後のは、叶わぬ願いとわかっていたが。

ちゃぷん、ちゃぷん。

波が櫓に当たる音が大きくなった。

シザの反応が返ってこない。永久煙管をくわえたまま、硬直している。まばたきもしないので、セリは心配になって身を乗り出し、シザの顔の前で手を振った。すると彼はうるさそうにそれを払いのけ、永久煙管を持つ手を膝に置いた。そして静かに口を開いた。

「潜水作業における最優先事項は何だ？」

「は？」

セリは眉をひそめた。そんな基本中の基本を、なぜ今ここで聞くのか。

「莫迦にしてるのか」

「いいから答えろ」

「……自分の身の安全を確保すること」

シザは長く息を吸って、吐いた。

「よろしい」

彼は永久煙管を懐にしまい、セリを見た。

「櫓を動かす方法についての、きみの考えを聞かせてほしい」

セリはきょとんとした。

「なんで」

「きみはそれをやるつもりなんだろう」

「……あたしを連れ戻すんじゃないのか」

「いまそんなことをしようとしたら、こっちの命が危なそうだ。きみの強情は身に沁みてわかっているからな。それに……私もこの櫓のことを知りたくなった」

セリは驚いてシザを見つめた。この男からそんな言葉が出ようとは。だが事実、この櫓にはそれだけ潜人を引きつける力があるのだ。

セリは図面の束を広げた。ユハシが見つけた部品と、邑長の家にあった工具類――もとはユハシの父のもの――も持ってきていた。

「これだ。やっぱり思ったとおりだ」

セリは探していた図を見つけて叫び、そのまま興奮気味に図の解説をした。シザはセリと同じ側に移動し、図面を覗き込んだ。櫓を移動する方法がそこに描かれていた。

シザは唸った。

「重心の位置が問題だ。前回よりも足が短くなっているから、この寸法の通りにはいかないぞ。それと、断層を越えるときが厄介だ」

「今夜計算する」

「私がやろう。そのほうが速い」

セリはシザを見た。確かに計算はシザのほうが速くて正確だ。セリは素直にうなずいた。

こんなところで意地を張っても仕方ない。

「それと、掘削の図面は……」

セリはそれもすぐに見つけた。

「これも……」

セリは、また自分の考えどおりだったことに感動していた。

「なるほど……ひとつの風車で……」

シザも感心しているようだ。セリは、ユハシの家から持ってきた部品をひとつひとつ図面と照合した。

「……すごい。欠けている部品がひとつもなかった。まるで」

この日が来るのを待っていたみたいだ、と言おうとしたが、くさい台詞のような気がしたのでやめた。シザが言った。

「このあたりの湖底は断層が多く、油脈が分断されているから、ひとつの油脈の規模が小さくてすぐに涸れてしまう。櫓の製作者は、次々に新しい油井へ移ることを想定して、簡便に移動できて掘削も容易な機構を考え出したのだろう。最初はできるだけ沖に設置し、徐々に湖岸に近づけていく。逆だと、足を足さなくてはならないからな」

十年ごとに油井を掘るのは、油脈の寿命がだいたいそれぐらいだからなのだろうが、湖図もなかったような時代には、油が涸れる理由は水神様の怒りだとされた。故に人柱が必要とされ、十年に一度の秘密の儀式となっていったのだ。

セリは暗澹とした気持ちになり、はかない命を散らした娘たちに思いを馳せた。それからふと、昨日、湖底の地形と油脈の関係をレンに説明してやると言いながら忘れていたことを思い出し、現実に戻った。

「よし、それじゃ今日のうちにできることはやっておこう。といっても、羽をはずすぐらいかな」

シザが、珍しく皮肉っぽい笑みを口元に浮かべた。

「『ぐらい』だと？　相当大変な作業だぞ」

シザの言ったとおりだったので、セリは腹の中で何度も悪態をついた。自分だけが知っているような顔しやがって。そうさ、何だってあんたの言うとおりなんだよ。世界の終わりが来たって、あんたはそんな顔をしているんだろう。

もちろんシザは、余計な口は一切きかないで、黙々と作業をした。

すべての羽をはずし終わるころには、世界は黄金色に染まっていた。岸に戻ると、レンが待っていた。

「ずっといたのか」

セリは驚いた。とっくに帰ったと思っていたのと、図面を読むのに夢中になっていたので、岸のほうは見なかったのだ。

レンはだまってうなずいた。不機嫌なのが手に取るようにわかる。セリは取り繕うような笑みを浮かべて、シザを示した。

「ああ、紹介が遅れたよ。こっちはシザ。もとの職場の上司」

シザは、「もと」のところはあえて否定せず、レンに向かって手を差し出した。

「よろしく」

この男にしては、表情がずいぶん柔らかくなっている。初対面の者には決してわからないだろうが。

レンは硬い表情でシザの手を見ていた。どうしたらいいのかわからないのかもしれないと思って、セリはレンの手をとってそこへ導いた。前にレンが、セリとラキエをそうやって引き合わせてくれたように。

レンは力なくシザの手に触れて、すぐに離した。それから低い声で、レンです、と言った。

三人は同じ方向へ歩き出した。誰も喋らない。セリは耐えられずに口を開いた。

「そうだ、今日はラキエのところでごはんを食べる約束をしているんだ。レンも来るだろ」

「行かない。用事があるんだ」

「そっか、親戚の誕生日とか言ってたな。悪いな、忙しいのに毎日つき合わせちゃって」

「ううん」

それからまた、沈黙が支配した。レンの家へ行く曲がり角に来ると、レンは無理に笑ってちょっと手を上げ、すぐに背を向けて走っていった。

シザは永久煙管を取り出して大きく吸い込み、上を向いて長く吐いてからこう言った。

「可愛い助手じゃないか」

セリは心の中で、あんたは可愛くないけどなと叫んだ。ついでに、そのすまし面をぶっ飛ばしてやりたかった。

5

セリは邑長の家から荷物を引き上げた。邑長には、寝場所を移すが仕事は約束どおり明日までやる、と告げた。どこへ移るのかと聞かれたので、お宮の近くに天幕を張るつもりだと言った。邑長はそれを承諾したので、ついでにシザの天幕を同じ場所に張る許可も得た。

セリはウマに荷物を積み、シザとともにユハシの家に向かった。シザも、邑はずれにつないでいた自分のウマを引いてきた。

兄妹はふたりを歓迎した。

「食材持参って約束したけど、採る暇がなかったんだ。前借りしていいかな」

セリが申し訳なさそうに言うとラキエは、いいのよそんなの、だってもう作ってあるもの、と歌うように言った。

夕食の前に、ユハシに頼んで、お宮に安置されている鎧を出してもらった。

シザは鎧を見るなり言った。

「駄目だ。大きさが合わない」

「調節できるだろ」

「手足と胴体の調節輪をはずして短くすることなら可能だ。だが、伸ばすには同じ規格の部品を足さなくてはならない。この邑のどこでそんなものを調達……」

シザは言葉を切ってセリを見た。彼女は愉快そうな目で見返した。

「……きみが着るつもりなのか」

「何か問題あるのか」

セリはわざと、驚いたように目をみはってみせた。

鎧を持って母屋に戻ると、シザは礼儀作法の本に書いてあるような口上で辞去する意を告げ、ユハシに夕食を勧められると一度は断り、再び勧められると丁重に礼を言った。夕食はつつましく、和やかで、あたたかかった。セリはこの邑に来て、はじめてまともな食事をしたと思った。

ふたりの客人の寝場所については、活発な議論が交わされた。シザは、まわりくどく巧妙な言い回しを使って、自分の天幕に寝ることを皆に納得させた。セリは、子どもたちの教室になっている部屋を使わせてもらうことになった。

夕食のあと、その部屋でシザとセリは明日の作業の打ち合わせを行った。今日の午後、概要は話していたので、長くはかからなかった。

そのあとで、鎧の点検と手入れをした。

「状態は非常にいいようだ。だが、明日試用してみて少しでも不具合がでるようなら、私が下を担当する」

明日の作業分担は「上」と「下」、つまり湖面付近と湖底とに分かれる。「上」は湖上と湖面下を行き来し、細かい調整作業が多い。一方「下」は力技が中心となる。セリは防護性が高く大きな力を出すことができる鎧を着て「下」を担当するつもりでいたが、シザは、鎧が使えない場合は、自分が生身で湖底作業をすると言っているのだ。生身の場合、相当に過酷で危険な労働になることは目に見えている。

「本当に、協力してくれるのか？」

セリはまだ信じられない気持ちだった。絵に描いたような融通の利かない堅物の役人だと思っていたシザが、こんな流しの潜人の真似事をするなど想像もしていなかった。

ふたりは向かい合って、鎧の稼動部に油を注す作業をしていた。

「協力しなければ、きみはひとりでやるんだろう」

「もちろん、そうだ」

「私の目的は、きみを都に連れ帰ることだ。完全な状態でな」

「それは……単独潜水をすると『湖に還る』かもしれないからっていうことか」

「比喩的表現を使えばそうなる。正確には『酸素欠乏に起因する譫妄《せんもう》状態での失踪』だ」

セリの脳裏に、昨日の作業の最後に見た光景がまざまざとよみがえってきた。沖合で手招きする何者か。あれは、湖に還る者が見るというまぼろしではなかったか。

「どうした？」

「いや、なんでもない。……シザ」

「なんだ」

「湖に還る人間って、どれくらいいるんだ？」

「わからない。そんな数字は公表されていない」

「潜水隊の中では？」

「それもわからない。上層部では把握しているのだろうが」

「あたしが隊にいるあいだに、知っているだけで三人消えた」

「だから、どうしたというんだ。それだけ、我々の仕事が常に危険と背中合わせだということだ。……セリ、何かあったのか」

シザは、作業手の関節に油を注す手を止めて、セリを見た。

「体調が優れないなら……」

「そうじゃない。ユハシのお父さんのことを考えていたんだ」

セリは問題をすりかえた。

「ああ、崖下の横穴に暮らすという老人のことか」

シザは、隣室にいるユハシを気遣ってか、普段よりさらに小声になった。

「彼は、モドリらしい」

セリも声をひそめた。

「何だって？」

「モドリを知らないのか」

「くだらない噂話なら知っているぞ」

「本当に噂だけなのか？　実際にそういうことがあるから、話が広まるんじゃないのか」

「そういうこととはどういうことだ？　湖の底で鰓呼吸をして、湖水だけを飲んで何年も生きるということか？　ばかばかしい」

「でも、現に彼は……」

「作業中に事故にあい、酸素不足で脳をやられてしまった。見知らぬ土地に打ち上げられ、何年もさまよったあげく、かすかに残っていた記憶を頼りに故郷の邑に帰ってきた。簡単に説明がつく……さ、できたぞ」

シザは無理やりセリの話に決着をつけ、鎧の左足を床に置いた。シザとセリのあいだには、油を注され、きれいに磨かれた鎧の各部分が並べられていた。

セリははぐらかされたような形になったが、美しくよみがえった鎧を見た喜びのほうが勝った。寝転がって頬ずりしたい気分になった。

「私がいなかったら、自分で整備するつもりだったのか」

シザは呆れた風を装っていたが、その口調にはやはり嬉しそうな響きがあった。

「当然だ」

セリはうっとりと鎧を眺めた。シザはため息をついて立ち上がった。

「きみはたしかにとても優秀だ。だが、自信を持つことと、うぬぼれることは全然違うぞ。何ができて、何ができないか、きみは自分でよくわかっているはずだ」

「ああ。あんたの言うとおりかもな」

セリはあっさり認めた。シザの表情が少し動いた。

「反発すると思っただろ」

「む」

セリはにんまりした。

「そうそう思いどおりになるものか」

シザは一度、ゆっくりとまばたきした。

「きみの言動は予測がつかないな。そこが……」

といいかけて、口をつぐんだ。

「そこが、何だ？」

悪口を言われると思ったので、セリは声を低くした。

「何でもない。おやすみ」

シザは、あっさりと出て行った。

拍子抜けしたセリは、見えなくなった背中にぶつけるように、おやすみ、と応えた。

シザが外に出ると、思いがけない客が待っていた。レンが、外壁にもたれかかって居眠りしている。

「風邪をひくぞ」

肩を揺すると眠そうに目をこすり、シザを認めると、ぶるぶるっと頭を振って目を見開いた。

「彼女なら中にいるぞ」

シザは親指で戸口を示した。

「あなたと話がしたかったんです」

レンは何かを決意したような目をして立ち上がった。シザは、ふむ、というような声を出して、懐から永久煙管を取り出してくわえた。

「恋の悩みなら、たいした助言はできないぞ」

「そんなんじゃないです」

レンは憤慨しながら、壁から少し離れて歩き出したシザに追いついて、その表情を見ようとした。そんな種類の冗談を言う人間には見えなかったからだ。シザの横顔は相変わらずまじめくさっていた。

「訊きたかったんです。ぼくが、少しでもセリの力になるためには、どうしたらいいか」

「なぜ力になりたいと思うんだ？」

レンは考え考え、答えた。

「ぼく、自分に何かができるなんて、考えたこともなかったんです。ただ、この邑で暮らして、ラキエと結婚して、養殖場で働いて……人生って、そういうものだと思ってました。でも、セリが来て、なぜかぼくを助手にしてくれて……ものすごく、うれしかった。もう、言葉にできないくらい。それで、実際にセリの手伝いをして、それがすごく楽しくて、最高に……ええと、そう、充実してたんです。でも、今日あなたが来て、セリと喋ったり、仕事をしたりしているのを見て……なんていうか、目が覚めました。ぼくの手伝いなんか、セリにとっては、別にあってもなくてもよかったんじゃないかって」

シザは黙って聞いていた。

「たぶん、ぼくはもっと、セリの役に立っているっていう実感がほしかったんです。セリにとって、なくてはならない存在だって自分のことを思えるように」

「自己満足だな」

シザはずばりと言った。

「え？」

「その論理でいくと、彼女の役に立つことが重要なのではなく、きみが彼女の役に立っていると感じることが重要だということになる」

レンは、よくわからないという顔でシザを見上げた。都の潜人は、にこりともせずに見下ろした。

「きみはいくつだ？　こんな簡単なことがわからないのか。順番が違うのだよ。助けを必要とする場面が先にあるのであって、誰かを助けたいという思いが先にあるわけではないだろう。それは単なる思い込みにすぎない。思い込みで行動したことが、たまたま他人の利益になるなんていう都合のいいことがそうそうあるものか」

「じゃあ、どうすれば」

「まず、相手をよく見ろ。そうすれば、自分がどう行動すべきかはおのずとわかる。自分本位に考えるな」

「…………」

「わかったのか」

レンは喉の奥で唸った。

「……なんとなく。でも、もっと考えます。ちゃんとわかるまで」

「よろしい」

ふたりは家の裏手につないであるウマのところに来ていた。二頭のウマが仲良く並んで、立ったまま寝ている。シザは、ウマの横に置かれた荷物の中から何かを取り出し、それをレンに向けて放った。受け取って広げてみると夜具だった。シザは緩やかに傾斜した地面に腰を落ち着け、悠然と永久煙管をふかし始めた。座れとも帰れとも言わないが、夜具を渡してきたのは、もう少しここにいてもいいという合図だろう。

レンは遠慮がちに肩に夜具をかけると、シザの横に腰を下ろした。湖風が適度に夜気を攪拌し、少し肌寒いがさわやかな夜だ。レンはシザの横顔を見上げた。潜人らしく後ろできっちり結わえた髪と、鍛えられた身体のほかは、これといった特徴のない男だ。加えて、表情の乏しさや淡々とした喋り方が、印象の薄さに輪をかけている。

「セリは、突然仕事を辞めて旅に出たように見えた」

シザが語りだしたので、レンはじっと耳を傾けた。

「……彼女は、私のはじめての部下のひとりだ。自分の班が編成されたとき、彼女の書類を見て驚いた。潜水学校の適性試験は通常、合格か不合格かしかない。だが彼女の判定書には、欄外に試験官の驚嘆と賛辞の言葉が書かれていた。事実、彼女はまるで湖で生まれたみたいに、自在に泳ぎ回った。湖にいるときの彼女は、本当に幸せそうだった。辞めるなんて、想像もできなかった」

シザは煙管の吸口を、指でトントンとはじいた。

「もちろん、彼女はそれよりずっと前に、旅に出ることを決めていたはずだ。だが、私は気づかなかった。つまり、彼女をよく見ていなかったんだ」

シザは一服吸い付けてから、レンを見た。

「私が言っていることがわかるか」

「……はい」

レンは神妙にうなずいて、思い出したことを言った。

「セリが辞めたのは、弟さんを捜すためなんでしょう？」

すると、シザは目を見開いた。

「弟を捜す？　本当にそう言ったのか？」

「そうです」

レンはシザの表情の変化に驚いた。シザは、それから長いこと考えこんでいた。

「何か、問題があるんですか」

痺れを切らしてレンがたずねた。

「……彼女に弟はいない」

シザは静かに、だがきっぱりと断定した。

「そんな……まさか」

こんどはレンが目を丸くする番だった。

「小さい頃にご両親を亡くして、都の施設で育った。きょうだいはいない。公式な身上調査書を見ているから、間違いない」

「じゃあ、セリは嘘をついていたの？」

信じられない気持ちだった。シザは再びの沈黙の後、深刻な顔で言った。

「レン。このことは彼女に言うな」

「このことって？」

「私がきみから、彼女が弟を捜しているという情報を得たことと、それに対して私がきみに、彼女に弟はいないという情報を与えたことだ」

「それは、ええと、つまり『聞かなかったことにする』っていうことですか？」

「そうだ。おたがいにな」

「でも、どうして？」

「あとで話す。明日のカタライが無事に終わったらな」

シザの言葉は、無事に終わらない可能性が確実に存在することを、方程式のように示唆していた。そういえば、セリにもそういうところがあるとレンは思った。自分の命までも数式化し、すべてを確率論で思考する冷たい頭脳。これが潜人という人種なのか。

「シザさんは、セリのことが好きなんですか？」

レンは唐突に尋ねた。潜人がその類の感情をどのように扱っているのか、急に知りたくなったのだ。人間らしい感情を保っていてほしいという願いもあった。

シザは相変わらず無表情でレンを見た。

「上司として、部下のことを気にかけているだけだ。もし、私がそれ以上の感情を持っているように見えるとしたら、それは我々の精神のありようかもしれない。地上ではどんなにいがみ合っていたとしても、湖に入ればそんなことは関係ない。湖ではあらゆる感情を封じるように訓練されている。結束と協力は我々の属性なのだ」

そして、煙管の吸口を指ではじいた。癖らしい。

「感情を封じる……湖の中では、笑うことも泣くこともないってことですか」

「感情の乱れは呼吸の乱れにつながる。呼吸が乱れれば歌うこともできなくなる」

「歌？」

「我々の水中での伝達手段だ。手話もあるが、あくまで補助的なものでしかない。見通しが利かないことのほうが多いからな。ほとんどの場合は歌によって意思疎通をはかっている」

「水の中でどうやって歌うんですか？」

シザは自分の喉仏を指さした。

「特殊な発声法だ。息を吸い込まずに、このあたりで空気を循環させて声帯を震わせる」

レンは喉を触りながら、う、とか、ん、とか発声してみて、早々にあきらめた。

「できそうにないです」

「あたりまえだ。できるようになるまで、最低一年はかかる。毎日、喉から血が出るまで練習するんだ」

「……すごいですね」

「声帯だけの発声だから、音の高低と長さで意味をあらわす。だから『歌』と呼ばれる。潜人の仕事に興味があるのか」

ふいに訊かれて、レンはセリとの約束を思い出した。

「はい。あります」

「適性試験は誰でも受けられる。交通費は出ないがな」

「巡回試験が始まるって、セリから聞きました」

「そうだな。それもあった」

「シザさんは、どうして潜水隊に入ったんですか？」

「人が何かをする理由はひとつしかない」

続けて何か言うのかと思ってレンは待っていたが、シザは何も言わなかった。

「理由は、何なんですか？」

「そのときが来ればわかる。もう遅い。帰って寝ろ」

シザは永久煙管の蓋を閉めた。レンは黙って立ち上がりかけたが、ふと気づいて言った。

「シザさんは、どこに寝るんですか？」

「ここに天幕を張ろうと思っている」

「ぼくにできることがあれば、手伝います」

レンのまなざしは真剣だった。

「そうだな。では手伝ってもらおうか」

レンに人並みはずれた観察力があれば、気がついただろう。そのときシザの頬にあらわれた、かすかなくぼみに。

6

翌朝、夜明けとともにセリとシザは湖へ向かった。今日も天気はよさそうだ。セリが邑へ来てから、ずっと快晴続きだった。この天気と同じく、朝一番のセリの気持ちは、これ以上ないほど晴れやかだった。

昨日、四枚の羽をはずされた櫓は、四角錐に近い構造美をより強調し、荘厳とも言える姿を朝日にさらしていた。

工事の手順はすべて頭の中に入っている。

今日の現場監督はセリなので、岸での準備体操のあと、概要を説明した。昨日までと違い、すべて潜水隊方式にのっとってすすめることに昨夜決めた。シザは休めの姿勢で聞いている。

「本日の潜水は四本。その前後に水上作業を行う。事前の水上作業。油井の汲み上げ機構の解体、作業床の取り外し、および浮橋からの浮袋の取り外し。次に潜水作業。一、油井管とその中にある掘削軸の解体。二、櫓の移動。休憩一刻。三、油井管と掘削軸の組み立て。四、三の続き。事後の水上作業。作業床、掘削機構の水上部分と風車の組み立て。最後に浮橋の設置。工程は必要に応じて入れ替える。以上概要説明終わり。一連の作業に先立ち、これより鎧の試用を行う」

道具類をいくつかの網に分けて入れ、作業床まで泳いだ。鎧と、火鉢や手ぬぐいなどの濡れてはいけないものは、浮橋を歩いて運ぶ。鎧は、大まかなところまでは組み立ててあった。

作業床で、鎧の上半身と下半身をそれぞれ仕上げる。下半身を水に沈めて、腰についている固定具を櫓の横材に固定する。潜面をつけたセリがその中へ足を入れ、シザが上から上半身をかぶせた。

鎧の中で虚に入り、固定具を解除して降下する。

シザは湖面すれすれで櫓に取りついて、セリの様子を伺う喉歌を送りながら、常にセリを引き上げられる体勢をとって待機している。

セリはしばらく湖底で歩き回ったり、石を拾い上げてみたりしたのち、引き上げの合図をした。鎧の頭上に結びつけられた綱をシザが手繰り寄せる。櫓の角度に沿って斜めに引き上げるので、ゆっくり、少しずつである。

水から上がった途端、ずっしりと重さを感じた。作業手で櫓をつかんで身体を引き上げると、同じく水から上がったシザが、速やかに腰の固定具を引き出して横材に固定した。

続いてシザは、鎧の上半身を脱がせた。セリは自由になった腕で潜面を引き剝がし、作業床にべちゃりと叩きつけて大きくため息をついた。

「最悪だ」

地を這うような重い声。

「どこが？」

「頭の上」

「どんな具合だ」

シザが鎧のその部分を見ようとすると、セリの声がぴしゃりと飛んだ。

「そうじゃない！」

シザは驚いてセリを見つめた。彼女の目は怒りに燃えていた。

「どんな具合かだって？　ご自分に聞いてみてください、シザ班長。頭の真上からきゃーぴーきゃーぴー、お化け屋敷に閉じ込められた女の子みたいな悲鳴がひっきりなしに降り注ぐんだ。うっとうしいったらありゃしない。こんなんじゃカタライできない！」

セリの声は次第に激しくなり、両手を大きく動かして訴えた。

「何年潜水隊にいるんだよ。邪魔しかできないなら水に入らないでくれ！」

そう言い放つと、セリは両手で顔を覆ってうなだれた。

「……すまない」

シザは低く呟いた。

確かに、不安要素は潜水隊での仕事よりも多い。それも格段に。

だが、そのひとつひとつに対して彼は彼なりに整理をつけていたし、感情が外へ漏れ出すほど虚への入り方が不十分だとも思わなかった。

では、セリの癇癪の理由は何か。シザは、ひとつの可能性を思いついた。

彼女はこの二日間で、静寂に慣れてしまったのだ。見渡す限りの水の中に自分ひとりという状況に。そのために、感覚がおそろしく鋭敏になっているのに違いない。同じ水の中にいる他人の、わずかな感情の揺れも感じ取ってしまうのだ。

重苦しい沈黙の後、シザは口を開いた。

「言い訳にしかならないが……たしかに私はきみよりも年齢が上で、潜水歴も長い。だが、それだけのことだ。私はきみのように優秀な潜人ではない。普通のことが普通にできるだけの凡人だ。だから、ときには十分に虚に入れないこともある。わかってくれていると思っていたが、ちゃんと説明しなかった私が悪かった」

セリは顔を上げた。泣いてはいない。しばらくすねたように遠くを見たあと、シザの方を向いた。激情の余韻が頬の赤みとなって残り、濃い睫毛《まつげ》に縁どられた目が、強い輝きを放っている。

「言いすぎた。謝る。心配ごとがあるなら、先に言ってほしかった。予測がつけば、多少は合わせられる」

シザはまっすぐにセリを見た。

「では、はっきり言おう。私は、きみがいなくなるのが怖い。きみを失うのではないかと思うと、不安でたまらなくなる」

セリは一回だけまばたきした。

「……それが、さっきの感じなんだな。わかった、覚えておく」

それからふたりは、何事もなかったように作業に入った。セリが不平を言うことも、シザが言い訳をすることも、二度となかった。

鎧は問題なしだったので、本作業に入った。

まず、風車のクランクとポンプをつなぐ軸をはずした。それから櫓の中にある作業床を解体し、軸と一緒に網袋に入れて湖底に下ろす。櫓の重量を軽くするためだが、どちらにしろ後で床の高さは変えなければならない。網袋から伸びた綱の先には浮標をつけておく。

次に、作業橋の下に取り付けられた油道管とポンプとの接続を解除した。続いて浮橋の両側にひとりずつつき、天板を支えている浮袋をはずしていく。浮袋は綱で数珠つなぎになっている。浮袋をはずされた天板と油道管は、湖底に沈んでいった。浮袋をつけた二本の綱は、とりあえずそのまま櫓に係留しておく。

短い休憩ののち、カタライに入る。

鎧を着たセリが、油井管と、その中に通った掘削軸を上から解体していく。作業手を使うと、管の接続部分を難なくはずすことができた。あとは根気と忍耐の単純作業だ。解体した油井管と掘削軸は、ある程度まとまったらシザが網袋に入れ、湖底に下ろしていく。セリが解体を下まで終えると、シザが網袋の綱をまとめて、先ほど解体した作業床と同じ浮標につないだ。

その後、初日にセリが目印をつけておいた新しい油脈に移動して、試掘孔を掘る。まずまずの出だったのでこれを本抗とし、そこを中心として方位と距離を測り、正方形の頂点に四つの穴を穿つ。

次はいよいよ櫓の移動だ。

ふたりで、数珠つなぎになった浮袋を櫓の水面下の部分に巻きつけていく。この巻きつける位置を、前の晩にシザが計算したのだった。上すぎると浮上する高さが足りなくて断層を越えられず、下すぎると頭が重くなって倒れてしまう。

それが終わると、セリが切断機を使用して、櫓の足を一本一本、慎重に切っていく。この作業も、鎧を着ているため楽に行うことができる。

最後の足を切った。思いがけない勢いで櫓が跳ね上がる。

櫓が浮いた。巨大な工芸品が。

セリは水深十七米の湖底から、その威容を見上げた。虚になった脳に、その姿が細部まで焼き付けられた。

浮上した反動でしばらく揺れていた櫓が安定すると、シザが異常なしの歌を送ってきた。

ふたりは上と下で、それぞれ櫓に結びつけた綱の先を持った。シザは水面すれすれで、鎧を着たセリは湖底で、互いに歌を交わしながらゆっくりと進みはじめた。

櫓が歩いている。立ったまま、そろそろと移動する様子は、たしかにそう表現してもよさそうだ。

断層の手前でいったん停止した。このままでは、わずかだが櫓の足の先が断層の上の端に引っかかってしまう。

セリは櫓を見上げた。深緑の静寂を背景に、精巧に組まれたベーク材の間から、黄金色の光が重なり合ってこぼれ落ちている。上ではシザが、櫓の位置をもう少し上げるため、浮袋を巻きなおしている。セリは高さ四米の崖を登攀し、櫓の足が断層の上まで来たのを確認して、歌を送る。

ふたたび、櫓が歩きはじめた。

先ほど穿った四つの穴まで来ると、位置を合わせてから、櫓に巻いた浮袋を少しずつはずしていった。櫓の足は、すべてぴったり穴におさまった。

充塡機を携えたシザが下りてきて、柱穴にベークを充塡した。終わると、充塡機と錘をセリに預け、身軽になって浮上した。水面すれすれで櫓にとりついたシザは、今度は機材を抱えたセリを引き上げた。

水面から顔を出すと、大気と光が出迎えた。セリは作業手で櫓の横材をつかんで身体を引き上げ、シザが上半身を外すのを待って鎧から身体を引き抜いた。水の中と違って、身体がとても重く感じる。彼女は宣言した。

「休憩」

作業床ははずされているので、セリとシザは櫓の横材に腰掛けて永久煙管を吸った。

「きみの助手が仕事をしたそうにしているぞ」

シザが、近くなった岸を指した。

セリはそちらを見た。浮橋が取り付けられていた場所に、レンが立っていた。手を伸ばして振ると、少年も懸命に振り返した。セリはシザに顔を向け、少し照れ臭そうに言った。

「工程変更。先に作業橋を設置する」

「了解」

シザはゆっくり言うと、煙管の蓋を閉めた。

いま橋をつけるから渡って来いよ、とセリが叫ぶと、レンは跳び上がって喜んだ。

橋を渡ってきたレンは、真剣な顔でシザを見上げた。

「ぼくにできることがあればお手伝いします。邪魔なら……帰ります」

シザは無表情のまま、セリのほうへ頭を傾けた。

「今日の現場監督はセリだ。彼女に訊くがいい」

レンに視線を向けられ、セリは昨日までの感覚を思い出した。彼女は、助手の顔を見つめた。

「午後は、油井管と掘削軸の組み立てを行う。あたしとシザが潜水作業をするので、二つの浮標を見ていてほしい。浮標の色はあたしが赤で……」

セリの指示を、レンは一言も漏らすまいと真剣に聞いた。

油井管の組み立ては、解体の逆だった。一番下の管を湖底に打ち込むのに少し手間取ったが、あとは油井管と掘削軸をつなげて上へ伸ばしていく単純作業だ。シザが資材と連結部品を手渡し、セリが作業手で組み立てるという連携が円滑にいき、予定よりも早く終えることができた。

「潜水作業、終わり。作業床を設置して、休憩する。休憩ののち、掘削機構と風車を組み立てる」

鎧を脱いだセリは、シザとレンに向かって元気よく宣言した。

休憩中に、セリはレンに風車櫓の機構を詳しく説明した。レンは「すごい、すごい」とひたすら感心し、途中いくつかの質問をした。その内容で、彼が完全にセリの話を理解していることがわかった。

最後の水上作業は、レンの的確な補助のおかげで、これも予定より早く終わった。櫓は、四枚羽の風車を頂いた、邑の人々が見慣れた姿に戻った。

制動装置をはずすと、風車は力強く回りだした。セリにとって大きな謎だった「無駄な歯車」が、ユハシが持ってきてくれた別の歯車に連動し、油井管の中を通る掘削軸に風車の回転を伝える。ユハシの父が作ったこの独創的な風車櫓は、油の汲み上げにも、油井の掘削にも使える優れた装置だったのだ。

「油が出るまでどれくらいかかるの？」

レンが、上を向いたままたずねた。

「うーん、少なく見積もって五日。場合によっては、もう少しかかるかもな」

「なんだ、そんなもんなの。だったら、それまで邑にいてくれたらいいのに」

レンは意外そうにセリを見た。

「契約は守らなくちゃいけない。あとは頼んだぞ」

セリはレンを見返した。その口調と表情には、仕事人としての彼に対する信頼があらわれていた。レンは姿勢を正した。

「はい」

凛とした返事が、波音の間にはっきり聞こえた。

7

「期限は三日と言いました」

邑長に報告すると、彼女は厳しい表情を崩さずにそう言った。

「もちろん、約束どおり、三日間やりました。明日の夜明けに出発します。何か問題が？」

セリはゆったりと微笑んだ。

その夜は、ユハシの家で宴となった。といっても、昨日の面子にレンが加わっただけだから、少し賑やかな夕食会といったところだった。セリがとったナマコとアワビを、ラキエとレンが料理した。ユハシがとっておきの酒を出し、シザが杯を受けた。シザはめっぽう酒に強く、少しも顔色を変えなかった。

ユハシが酔いつぶれて、宴はお開きとなった。簡単に後片付けをし、お互いにおやすみを言って、皆それぞれの寝床へ下がった。レンがユハシの部屋に泊まるので、ラキエがセリのいる部屋へ寝具を持ってやってきた。ふたりで雑談していると、閉じた窓が規則的な音を立てた。潜水隊が使う伝達信号で、「開けろ」の意である。セリは立ち上がって窓に近づいた。

「誰だ」

わかりきっているが、一応誰何《すいか》する。

「私だ。話がある」

男の声が低く伝わってきた。

窓から抜け出したセリを導いて、シザは納屋の前に来た。母屋からも、シザの天幕からも同じくらい離れている。セリは慎重に距離を保って、シザと向かい合った。

「話って、なんだ」

セリは軽く腕を組み、足先で地面をいじった。ただ立っているというのは、どうにも手持ち無沙汰なものである。

それはシザも同じらしく、手を腰に当てたり、帯にかけたりして、落ち着かない。

ようやく口を開いたが、セリのほうは見ていなかった。

「明日、私と一緒に帰ってくれるか？　都まで」

セリは拍子抜けした。

「だって……はじめから、そういう話になってたじゃないか」

シザは、ふむ、と言ってあごを撫でた。

「きみがそのように認識してくれていたとわかって、よかった」

そして、ぷつりと黙った。

「なんだよ、それだけか」

「それだけだ」

変なやつ、と言いかけて飲み込んだ。それよりも、言わなければならないことがあることに気づいたのだ。

「あんたがいなかったら、今回の仕事はできなかった。感謝してる」

シザは、はじめてセリを見た。そして、ふっ、と息を吐いた。セリが見たことのない表情だった。

「その言葉は、無事に都に到着するまで受け取らないでおこう。では、おやすみ」

シザは天幕のほうへ歩み去った。

素直じゃねーな、とセリは呟いた。


翌朝、まだ暗いうちにふたりは出発した。

ユハシとラキエとレンが、見送りのために並んで戸口に立った。

セリは差し出されたラキエの手を握り締め、シザは丁重に最敬礼で応じた。

「セリ、さよなら」

レンは見るからにしょんぼりしていた。

「しみったれた顔すんな。近いうちまた会うだろ。ラキエもな」

「手紙を書くわ」

ラキエはにっこりした。

ユハシは、教養がにじみ出る言葉遣いで、心のこもった礼を述べた。

名残惜しさをそれぞれの胸に残し、二人と三人は別れた。

邑を出てしばらくは起伏が多く、ウマを操る手も慎重になる。道が少し楽になると、景色を見る余裕が出てきた。行く手の空に、一塊の黒雲が浮かんでいる。邑にいる間はずっと晴れていたのに。それをきっかけに、セリの脳裏に邑での出来事が次々によみがえってきた。

レンとの出会い。邑長の依頼。歓迎の宴。ユハシの忠告。ユハシの父との対話。歩く櫓と人柱……。

「そうか！」

突然セリは叫んで、ウマを止めた。後ろのシザのウマが追突しそうになった。

「危ない！　どうしたんだ」

「シザ、あたしは戻る」

「忘れ物か」

「ああ。とんでもない忘れ物だ」

言うがはやいか、セリはウマを反対方向へ向けた。

第四章　水神様

1

ユハシの家に人気《ひとけ》はなかった。二、三度呼びかけ、裏手にも回って確かめたあと、セリとシザはお宮のある岬の先へ向かった。

そこに、お宮の掃除を始めようとしているユハシの姿が見えたので、セリは走りながら声をかけた。

「ユハシさん」

「おや、どうしました。忘れ物ですか」

青年は仕事の手を休め、晴れやかな笑顔で応じた。セリはあいさつ抜きに尋ねた。

「ラキエは？」

「レンの家に行くといって、つい先ほど出かけましたが」

セリは、ぎゅっと目を瞑って天をあおいだ。

「シザ、一緒に来てくれ。ユハシさんも」

厳しい声でそう言うと、セリは駆け出した。

レンの家に走りながら、セリはなんども歯噛みした。もっと早く気づいていれば、手の施しようもあったかもしれないのに。

戸口で呼ぶと、さいわいに本人が出てきた。

「セリ！　やっぱり戻って……」

少年の歓声を、セリは小声でさえぎった。

「レン、ラキエは来てるか」

「ううん。自分の家にいるんじゃ……ないの」

レンの声は、セリの後ろにいるユハシの顔を見て、たちまち不安の色を帯びた。セリは、さらに声をひそめた。

「家の人に、ちょっと出かけてくると言え。そうだな……あたしたちが、天気が崩れそうだから引き返してきたってことにして」

これならまるきり嘘にはならないから、レンの態度も自然になるはずだ。申し訳ないが、現状ではレンの両親も味方かどうかわからない。最悪の場合、邑人全員が敵ということだってあるかもしれないのだ。

歩きながら、セリはレンに耳打ちした。

「ラキエが、人柱にされるために誘拐された可能性がある。邑長とその息子に」

「まさか……」

すがるようにセリを見たが、彼女の真剣な表情は崩れない。

「三日の期限を設けたのは、儀式の前にあたしに立ち去ってもらいたかったからだ。レンが連れてきた手前、断ることもできなかったんで、苦しまぎれにそういうことにしたんだろう。いつも風車をみている連中にカタライの助手をさせなかったのは、計画が漏れることを恐れたんだと思う」

「ラキエは、おばあちゃんの家にいるの？」

「そうかもしれないけど、正面きって行ったたって相手にされるわけがない。儀式は湖に面した場所で行われるはずだ。いまから装備を取りに行って、あたしとシザで湖の中から探す」

レンに耳打ちしながら、同じ内容を潜人手話でシザにも伝えた。シザはそれを、ユハシに耳打ちする。ユハシの顔色がみるみる青ざめた。

「じゃあ、急がないと」

レンの声は震えている。セリはつとめて冷静に言った。

「まずは状況を把握しないといけない。軽はずみな行動はするな」

レンの喉から、押しつぶしたような音が聞こえた。

広場を過ぎて、ユハシの家に向かう道の端に、さっきはいなかった若い男がひとり立っていた。邑長の家のそばで何度か見かけたことがある顔だ。

「誰?」

セリは小声でユハシにたずねた。

「邑長の息子の取り巻きのひとりです」

セリはさりげない様子で男に近づいた。

「お宮のラキエって子を探してるんだ。見かけなかったか」

「さあ、知らねえな」

潜人なら誰でも見やぶれる嘘だった。声の調子や視線の動きから、嘘をついているとわかるのである。セリは皆のところまで戻ると、普通の速度で歩き出した。他の三人もついていく。歩きながら、セリとシザは手話で素早く会話し、男から見えない位置にまで来ると、セリは走り出した。

「あの見張りの近くにラキエさんがいるのは間違いない」

シザは前を向いたまま小声で説明した。三人とも自然に早足になっていた。

「あの場所から下ると、ちょっとした岩棚があるんです。引っ込んでいるから、周りからは見えにくいです」

とレン。

「なるほど。見張りの様子や、祝詞が聞こえないことなどから、儀式はまだ始まっていないと思われる。私とセリが湖から近づき、不意をついてラキエさんを奪取します。邑長の息子の取り巻きは何人ぐらいですか？」

「こういうことに駆り出せるのは、おそらく五、六人かと」

ユハシが答えた。

「妹さんの水に対する忌避の度合は？」

「重度の忌避反応はありません。小さい頃に一度湖に落ちたことがあるそうですが、後遺症もなかったようですし、今も普通に磯拾いをやっています」

いちばん数が多い「浸かるのは良いが潜れない」タイプだ。それでも、水に落ちることそのものが恐怖体験であることは間違いない。

ラキエを奪取したあと、山側に逃げるのは危険が大きい。敵が何人いて、どこに潜んでいるかわからないからだ。湖に逃れるのが得策だが、ラキエはどこまで水に耐えられるのか。背負って綱で下りることができれば、飛び込むよりもダメージは格段に少ないはずだ。以上のことを、シザは瞬時に考えた。レンが訴えた。

「ぼくは身軽だから、崖づたいに近づけます」

「だめだ、危険だ」

「大丈夫です。ぼくは湖に落ちても平気だから」

そうだ、とシザは思い出した。彼の体質は、この状況では役に立つ要素だ。シザは、少年の強いまなざしを受け止めた。

「無茶はするな」

「あの……私は、何をすれば」

ユハシが、あせったように言った。

「ラキエさんのために乾いた着物を用意して待っていてください。そうだ、落ち合う場所を決めておきましょう。やつらが報復しにやってくる可能性もあるから、できれば自宅以外のところで」

「お宮の真下に横穴があります。セリさんが知っています」

シザはうなずくと、レンとほんの二言三言打ち合わせた。それからふたりに「幸運を」

と言って駆け出した。

2

シザが湖に飛び込むと、セリが湖面すれすれに顔を出して浮かんでいた。湖上の様子を見ながら、喉と耳は水につけて水中で会話するやり方だ。シザも同じようにすると、セリの喉歌が聞こえた。

(人がいる。ラキエは見えない)

シザが見上げると、湖面からおよそ十米の岩棚に、たしかに複数名の人影が見え隠れしている。

(突入するか?)

シザは訊いた。

セリが見たのは、崖づたいに岩棚に近づくレンの姿だった。

(待て、あれは?)

(無茶はするなと言ってある)

シザがそう言った直後、レンは岩棚の上に飛び出した。

セリは地声で小さく叫んだ。

「あの、莫迦！」

前へ出ようとするセリを、シザが制した。

「私が行く。きみはここで待機していてくれ」


それより少し前、岩棚の上。

「大声出さないって約束してくれるよな。可愛い顔に猿轡《さるぐつわ》の痕をつけたくないんでね」

邑長の息子が、ラキエに顔を近づけた。彼女は両手を後ろ手に縛られ、その縄の端は後ろに立った太った男が握っている。

「かわいそうだから、とりあえず縛るのは手だけにしといてやるよ。投げ込むときには足も縛るけどな。おまえの尊い犠牲が邑を救うんだから喜べよ。おまえの母さんと同じようにな」

恐怖に震えていたラキエは、母のことを言われたとたん、キッと相手をにらみつけた。

息子は構わずに喋り続ける。

「それに引き換え、おまえの親父は何だ。わけのわからん機械を作って、水神様鎮めの儀式をやめろとぬかしおった。それで水神様がお怒りになり、結局おまえの母親が身を投げるはめになったのだ。おまえの母親はあの男が殺したようなものだ」

ラキエの顔がさっと青ざめ、怒りの色が両の瞳に燃え上がった。

「両親を侮辱するのはやめて！」

息子の顔に、ゆがんだ笑いが広がった。

「おお。その顔、そっくりだよ。おれが丁重に結婚を申し込んだときのあの女にな。おまえと一緒になるぐらいなら舌を噛み切るとわめいたっけ。おれの妻になれば、次期邑長夫人として何不自由ない暮らしができたのになあ。あんなつまらん流しの潜人なんぞに熱をあげて」

息子はラキエの顎を乱暴につかんだ。

「子どもだと思っていたが、いつのまにか少しは女らしくなったようだな、え？」

「さわらないで」

ラキエは懸命に声を絞り出し、精一杯にらみつけた。息子の粘ついた息が、少女の頬にかかる。

ボコッ！　と何かを叩きつけたような鈍い音がして、息子の喉が、ぐふ、と鳴った。ラキエは思わず後じさりして、後ろの肥満男の腹にぶつかった。

よろめいた息子の後ろから、全身に怒りをたぎらせた少年の姿が現れた。息子の頭を殴りつけた拳を固く握り締め、肩を大きく上下させている。

「レン！」

ラキエは叫んだ。

レンはたちまち取り巻き連中に取り押さえられた。息子が後頭部をさすりながら悪態をついた。

「痛えな、くそ。こんなことをして、ただですむと思うなよ」

邑長の息子、つまりレンの伯父は、うつぶせに押さえつけられたレンの頭を草履の底で踏みつけた。

「チビだから崖を伝って来たのか。図体のでかい兄貴はどうした。途中で湖に落っこちたか」

レンを踏みつける足に力が加わり、声はどす黒い歓喜で上ずった。圧倒的な優越感に酔っている。

身動きのできないレンは、ギリギリと音を立てて歯を食いしばった。それほど親しくなかったとはいえ、身内に裏切られたのである。それも、信じられないくらいひどいやり方で。レンは、烈しすぎる怒りと失望のために、これまで使ったことのない表情筋が痙攣するのを感じた。

シザは崖を素早く登り、上の様子を窺った。話し声や物音から人数と位置を割り出す。邑長の息子のほか、レンを取り押さえたのが三人。ラキエを捕まえているのが一人。

シザは上半身を乗り出しざま、登攀用の鉤つき縄を水平に投げつけた。縄は邑長の息子の足をからめとって引き倒すと同時に、シザ自身を岩棚の上へ引き上げた。間髪を容れず、息子の背後から腋の下に手を入れて引き起こし、喉元に潜刀の切っ先を押しつける。

見るからに洗練されたシザの身のこなしに、取り巻きたちはひるんだ。

湖側では三人がレンを取り押さえ、山側では一人がラキエを捕まえている。シザはどちらとも充分な距離を保つようにじりじりと移動した。息子を盾にしてラキエとレンを解放させ、ラキエを背負って綱で湖面まで降りるつもりだった。レンは飛び込ませればいい。

「子どもたちを放せ」

いつも以上に感情を消した声は冷え冷えとして、聞く者を凍りつかせるような凄みがあった。取り巻きたちは互いに視線を送り、どう対処したものかとまどっている様子だ。

「何をしている。ただちに言ったとおりにしろ」

息子は汗だくになって、声も出ないようだ。ラキエの後ろにいる太った男が、身体に似合わない甲高い声で訴えた。

「な、縄が、ほどけねえ」

「そんなのはこちらでやる。早く放せ」

その様子を見て、レンのほうの三人も、押さえつける力を少し緩めたようだった。

それからのことは、すべてほぼ同時に起こった。

まず、逃れる隙を探していた邑長の息子の目が、湖の沖合に何かを捕らえた。

息子の背後にいるシザは、息子の表情には気づかず、ちょうどそのとき背中に振り下ろされた何かを、素早く横に移動して避けた。先ほど道端で会った見張りが四人の中にいないことは確認済みで、背後からの攻撃は予期していた。しかし避けた先に、今しがたその場にやってきた邑長の杖の一撃が待ち受けていたことは予想外だった。

高齢の女性とはいえ、渾身の力をこめた打撃は、シザの腕の力を一瞬緩ませた。その機を逃さず、邑長の息子はシザの束縛を振り切って、一直線にラキエへ向かった。

わけのわからない叫び声をあげて、息子はラキエを斜めに抱え、乱暴に湖へ放り投げた。

息子の叫びが途切れたあとの奇妙な静けさの中で、その場にいた人々は見た。

沖合の湖面から、天に向かって突き立ったものを。

それが、途方もなく大きな両手だとすぐに理解できた者が何人いただろうか。

青黒くぬめり輝く指の一本だけで、油井櫓ほどもある。膜状の水かきから暗緑色の水がねっとりとしたたり落ち、それぞれの指は、何かを捜し求めるように宙で蠢いている。

そして――

やめてくれ、とシザは胸の内で呟いた。

両手の間にぬっとあらわれた、先の割れた三角形の頭。

鈍い銀色に輝く皮膚。

何も見ていない――うすら寒い丸い目。

水神だ。生きている、本物の。

大粒の雨が降り出した。続いて風が吹き出し、たちまち目も開けていられないほどの暴風雨となった。

最初に動いたのはレンだった。怒りの雄叫びをあげながら駆け出し、放心状態の邑長の息子に体当たりを喰らわせ、もろともに崖下へ落ちていった。

それを追って、シザも飛び下りた。

(セリ、頼む)

シザは、すぐ下にいるはずの彼女の顔を思い浮かべた。彼女が待っているとわかっていなければ、とても怪物のいる湖に飛び込むことなどできなかった。

3

滝のような雨がたたきつける湖には、荒波がたち始めていた。

シザが水面に顔を出すと、少し離れたところでセリがラキエの頭を浮袋に乗せているところだった。両手の縛めはすでに解いてある。ラキエは顔面蒼白で全身を震わせていたが、セリの処置は適切だ。このまま任せておけば問題ない。

問題はレンのほうだった。

邑長の息子にしがみつき、頭を沈めようとしている。相手は無抵抗だ。どうやら潜水忌避が強いらしい。シザは急いでそちらへ行き、レンの手をつかんだ。

「やめろ。死ぬぞ」

「殺してやる」

レンはうわ言のように呟いた。

シザは黙ってレンを男から引き剝がし、正面から視線を捉えて一喝した。

「人殺しになりたいのか！」

その剣幕に、レンはハッとして、正気に戻ったようだった。

シザは自分が携行していた浮袋を膨らませ、邑長の息子の後頭部にあてがった。息はしているが、よどんだ目は何も見ていないようだ。適切な事後治療をしなければ、後遺症が残るかもしれない。

セリがラキエを引いてやってきた。

「怪我はないか？」

「大丈夫だ。そっちは？」

「問題なし」

セリは、さりげなくラキエをシザに託した。

「あたしは行かなくちゃ」

「何？」

シザが聞き返したとき、セリはもう背を向けていた。

「レン」

セリの呼びかけに、レンは顔を上げた。

「あとを頼む」

セリは、はっきりそう言った。そして、沖の方を向いて水に潜った。彼女の姿はそのまま見えなくなった。

激しくうねる波の向こうには、ぞっとするような怪物の姿がある。先刻よりも湖上に露出した部分が多くなっているようだ。シザは、その非現実的な像を――ありがたいことに――霞ませている豪雨が、此方と彼方の世界を隔てる分厚い壁であることを願った。

セリはどこへ行くというのだろう、とシザはぼんやり考えた。彼女は落ち着いていたし、極めて理性的な様子だった。集合場所は承知しているのだから、最終的にそこで落ち合えばいい。

このときシザは正常な判断力を失っていた。後になって彼は、悔恨の念とともにそう振り返ることになる。

シザはレンの様子を確認した。遭難者ふたりの間に入り、それぞれの浮袋に手をかけている。支えているつもりなのかもしれないが、自身の頭も半分以上まで茶色の水に浸かったり出たりしており、とてもそれどころではない。が、少なくとも、彼の婚約者を湖に投げ込んだ男を、もう沈めようとはしていない。

シザは三人を連れて行こうと岸を振り返り、目を疑った。岸が、はるかに遠くなっている。いつのまにか流されていたのだ。

シザはもう一度、沖を見た。何度見ても慣れることがない巨大な水神は、いちだんとその姿を湖上に見せており、いまは肩まであらわになっている。ぬらぬらとした顎の線がまっすぐに胴体につきささるところの窪みと、そこから左右に伸びるゆるやかな鎖骨が、妙に人間らしい形をしており、胸がむかむかした。

シザは気づいた。水神が背伸びをしているのではない。水位が下がっているのだ。

うわあ、というレンの叫びで我に返ったシザは、足にからみつく、軟らかくなまあたたかい物体を感じた。そして瞬く間に、足だけでなく全身をからめとられ、身動きができなくなった。

沖へ流されていた身体は、その場でとまった。全身を包んだ柔らかい覆いが、湖底に吸着したような感じだった。水ははるか沖まで引いていき、湖底が剝き出しになった。それと同時に、身体の縛めはとけ、湖底に投げ出された。

横を見ると、根元があらわになった櫓があった。

雨はいつのまにかやみ、不気味な静けさがあたりを支配していた。

シザはセリの姿を探して、起伏の多い湖底を見渡した。いない。

シザは歯嚙みした。

ちょっとやそっとのことでどうにかなる女ではない。何より彼女は、湖に愛されている。

そう思ったところで、シザは視線の動きを止めた。あらわになった湖底の様子がおかしい。

シザは目をこらして、違和感の正体を見極めようとした。

最初は、まさかという言葉がぼんやりと浮かんだ。だが次の瞬間、間違いないという確信に変わり、シザは思わず叫び声を上げそうになった。レンはすでに気づいているようで、歯をガチガチと鳴らし、口も利けない様子だ。

「落ち着け。彼らは人間に害は加えない」

そういう自分の声が震えているのをシザは感じた。

見渡す限りの湖底いちめんに、半透明の稚児が、隙間なく張りついていた。もちろん身の回りにも、びっしりである。先ほど自分の身体をおおったものは稚児たちだったと理解し、シザは気が遠くなりそうだった。

だが、とにかく陸に向かって歩き出さねばならない。

シザは立ち上がった。すると、周囲の稚児がすっと離れて、地面が円形に露出した。シザは硬直しているレンの手をつかんで、ぐいっと引き寄せた。レンはよろけながらも立った。するとやはり、その場所の稚児がよけ、地面があらわれた。

シザがさらに陸のほうへ踏み出すと、行く手の稚児たちが、さあっと左右に分かれていった。四人がいるところから陸地まで、まっすぐな道があらわれた。

「レン、歩くんだ」

シザは自らを奮い立たせるように言うと、ラキエを抱き起こしてレンに背負わせた。そして自分は邑長の息子を担ぎ上げて歩き出した。

むき出しになった湖底はかなりの上り坂で、レンは手足を使って這うように進んだ。道は、岬のお宮の下の横穴までまっすぐに続いていた。

「シザさん」

崖の中腹にある穴の入り口で、ユハシが腕を振っている。崖はほぼ垂直に切り立っており、穴の直下は波に削られてひさしのようになっている。穴の入り口から綱が垂れ下がっているが、湖底までは届いていない。が、充分な長さがあったところで、素人には上り下りすることは難しいだろう。

「セリさんは？」

穴の下に来たシザに、ユハシはたずねた。

「あとから来ます。とりあえず、このふたりを休ませなくては」

自分がこのまま崖を登り、邑長の息子を下ろして洞窟の床に寝かせたのち、再び下りていって、こんどはラキエを上げる。無駄がないのはこの手順だ。そう考えて、シザはレンを見た。

彼はラキエを背負ったまま、全身で息をしながら訴えるような目をした。シザは一瞬だけ逡巡したのち、背中の男を下ろし、レンに歩み寄った。

「女性が先だ」

ぐったりと力の抜けた少女の身体が、レンからシザへ引き渡された。シザは慎重に岩を登り、ユハシと協力してラキエを横たえた。

そのとき、穴の奥の暗がりから何かが飛び出し、水のない湖へ飛び下りた。

「お父さん！」

ユハシが身を乗り出して叫んだ。それから、ハッとしてシザを振り返った。

「セリから聞いています」

シザは冷静に答え、今しがた飛び出して行った影の行方を追って入り口まで戻り、下を見た。

高齢の男性が、気を失いかけている邑長の息子を担ぎ上げようとしている。傍でレンが、どうしたらいいのかわからない様子でそれを見ている。シザは素早く下りていき、見知らぬ老人の前に立った。

「その男をどうされるおつもりですか」

大の男を軽々と背負った老人は、鋭い眼光で見返した。シザは身構えた。老人から、切れるような気が伝わってくる。

ふたりは、一分の隙もなく対峙した。

やがて、シザが緊張を解き、道を開ける姿勢をとった。

老人は、しっかりした足取りで岸に向かって歩き、見事な登攀技術で崖を登っていった。

「あの人、ぼくを助けてくれた人だ」

邑長の息子を背負った老人が崖を登りきったとき、レンが呟いた。

「あいつをどうするんだろう」

「安全な場所に運ぶそうだ」

シザの口調には、限りない尊敬の念がこもっていた。

「そんなこと言いました？」

「うむ」

「あの人なら、そうしますよね」

レンも納得した。それから、シザはレンを背負って再び崖を登った。

レンは穴の奥にラキエを見つけると、わき目も振らず駆け寄った。彼女はユハシの手で、乾いた着物に着替えさせられていた。

シザはラキエの横にひざまずいて呼吸を確認した。上から夜具がかけられていたが、シザはそれをいったん剝いで地面に敷き、ユハシとレンと協力してラキエをその上へ移した。

横向きの姿勢をとらせてから、寝具で身体を包みこむ。レンはシザを手伝うあいだ、口をぎゅっと結んでいた。

応急処置がすむと、シザはユハシを穴の入り口の方へ導き、ラキエに聞こえないようにささやいた。

「邑長の息子を安全な場所まで運ぶと言って、崖を登っていきました。心配するなと」

「喋ったのですか」

「説明しにくいのですが……我々潜人は、何も言わなくても意思が通じることがときどきあるのです。地上で経験したのは私もはじめてですが」

シザは、さっきの老人の「声」を思い出していた。向こうの思考が伝わるというよりも、シザ自身の思考がまるごと飲みこまれてしまいそうな感じだった。

「しかし、ここに運ばないでわざわざ岸の方へ行ったのは、なぜでしょうか」

「ラキエさんと一緒にしてはまずいと思ったのでは。邑には医者もいるでしょうし」

「まさか、そこまで考えて……。それに、ずっと穴の奥にいたのに、どうして湖にあの男がいるとわかったんでしょうか」

「カタライをすると、すべての感覚が研ぎ澄まされます。それを長年続けていると、常人にはない不思議な能力が発達することもあるそうです」

シザはそのことについて、いずれユハシとゆっくり語り合いたいと思った。が、いまはそんなことをしている暇はない。沖へ目をやると、水神は斜め後ろを向いていた。のっぺりした後頭部から背中にかけて、いくつもの突起が連なっている。不思議なことに、雨がやんでもその姿は煙るように霞んで見え、現実感がなかった。

「シザさん、あれを」

ユハシがとつぜん、子どものようにシザの腕をつかんだ。シザはユハシの視線を追った。左手に見える岸から、むき出しの湖底にかけて、岩とは異なる質感の塊が張り付いている。よく見ると、その塊は半透明のつぶつぶの集合で、すぐにぐにゃりと崩れてしまいそうだ。そのつぶつぶが、湖底にいた稚児たちであると気づいたとき、シザは背筋がぞっとした。

シザとユハシが、地上の何ものにも似ていないその塊を唖然として眺めていると、突然それが、ざわりと動いた。ふたりとも思わず後じさった。塊は巨大なナマコのように、絶えずもぞもぞと蠢きながら、沖へ向かって移動し始めた。

「あっ！」

ユハシが叫んだ。シザも気づいていた。

塊の上に、ユハシの父が乗っていたのである。沖を向いてまっすぐに立ったその姿からは、遠目でも堂々たる威厳が感じられた。

自らの重みによって勢いをつけ、滑らかに走り出した塊は、ずっと沖へひいた水際から、溶け込むように湖の中へ消えていった。塊が走っていった直線の延長線上に、背を向けた水神がいた。煙ったようなその姿が小刻みに振動したと思うと、輪郭がぼやけ、巨大な怪物は音も立てずに崩壊した。

むき出しの湖底にびっしりとはりついていた稚児たちは、一匹残らずいなくなっていた。湖は、極端な引き潮を除いて、いつもの風景に戻ったように見えた。本当は、その引き潮だけでも充分に異様なのであるが。

シザは唐突に理解した。

あの老潜人が、セリを救ってくれる。

その直感は、この先思いがけなく長く彼を支えることになる、薄氷のような希望の根拠となった。

ラキエが弱々しく咳き込む音で、シザは我に返った。となりでは、ユハシが膝を折って放心していた。無理もない。

シザは、奥のふたりの様子を見に行った。ラキエの手を握りしめたレンが、小刻みに揺れる瞳で見上げた。

「震えているんです。どうしたらいいんですか」

そう訴えるレン自身が震えている。

「髪の水気を取ってやれ。頭が冷えないように」

シザは、傍に置かれていた水浸しの手ぬぐいを固く絞ってレンに渡した。レンはそれを広げて、シザに言われたとおり、ラキエの髪を丁寧に拭いた。

レンの手元を見ながら、シザは言った。

「水神はいなくなった」

「どういうことですか？　まさかセリが、ラキエの……代わりに」

「違う」

シザが強い口調で遮った。

「油脈が枯れたのはそういう地勢だからで、水神の怒りなんかじゃない。人柱なんて元から必要なかった。セリが行ったのは、別の理由だ」

「別の理由？」

シザはその質問には答えなかった。代わりに、

「彼女は戻る。必ず」

と、自分に言い聞かせるように呟いてから、

「どんなことでも、結果があきらかになるまでは希望を持ち続けろ」

と、これはしっかりレンを見て言った。レンは震えながら口で息をした。それから唇をかみしめ、視線を一点に据えて、ひざの上で拳を握りしめた。そして一度深呼吸すると、シザを見上げてうなずいた。シザも無言で、だが力強くうなずき返した。

レンは再び、ラキエを見下ろした。顔色は貝殻のように白く、奥歯が小刻みに鳴る音が聞こえる。

「油があれば」

シザは呟いて、穴の突き当たりまで行った。そこには、老潜人の定位置だったと思われる平らな場所があり、汚れた食器が二、三個、転がっていた。他に生活感のあるものはない。シザは、奥の壁に注目した。あきらかに凹凸の感じが不自然な箇所がある。彼は腰囊から潜人灯を取り出してその部分を照らした。光を当てると、ゆがんだ円形の溝があるのがわかった。シザは振り返った。

「レン、ユハシさんを呼んできてくれ」

ふらふらとやってきたユハシに、シザはその箇所を示し、つとめて普通の調子で話しかけた。

「どうしてこうなっているのかわかりますか？」

「いえ、まったくわかりません」

シザがさらによく見ると、円の真ん中に取っ手のような形の窪みがあった。彼はそこに手をかけて、力を入れて引いた。

岩は案外あっさりとはずれ、大人ひとりが這って通れるぐらいの穴があらわれた。油のにおいが、つんと鼻をついた。いまはずした岩の蓋の裏を見ると、たくさんの石をベークライトでつなぎ合わせたものだった。

シザは穴の中に上半身を入れた。せまいところは胴の長さ分ぐらいで、その先は広くなっている。潜人灯をかざしたが、空間が広すぎて光が届かないようだった。彼はいったん身体を戻し、手近な石を拾って穴の中へ投げ込んだ。奥の方で、カツンと硬いものに当たった音がした。シザはふたりに向かって言った。

「中を見てくる。……レン」

「はい」

「地上の様子を見てきてくれないか。連中が我々をしつこく探しているようだと、対策を考えなければならない。ただし、見つからないようにくれぐれも気をつけろ」

「はい」

「ユハシさんはここで、妹さんを見ていてください。なにか変わったことがあれば、すぐに呼んでください」

「わかりました」

ユハシは頷いた。シザは穴の中へ入った。

腹ばいになって前進し、身体を引き抜くと、立てるようになった。潜人灯をかざしながら、注意してすすんでいく。油のにおいは、ますますきつくなった。地面は奥へ向かって下り坂になっている。

光量が落ちてきたので、シザは潜人灯をもう一度振った。

地面が濡れている。その液体に指を触れてみると、油だった。ただし、普通の油よりもにおいが薄く、粘り気が少ない。

前方を照らすと、奇妙な形の岩があった。白っぽくなめらかで、まわりの岩とはあきらかに質が違う。太さがふたかかえほどもある円柱形で、下が蛸の足のように分かれていた。その周囲の地面に、油溜まりができている。

シザは、その形をどこかで見たような気がした。

記憶の中の像が、目の前の光景と火花をあげてつながり、思わず潜人灯をとり落としそうになった。

そこにあるのは、水かきのついた巨大な手だった。

4

レンは洞窟の入り口の梯子を上った。ベークライトの廃材で作った細い梯子が、急な斜面に立てかけてあったのである。ユハシが作ったのだろう。

地上に顔を出すと、目の前に湖を向いて建っているお宮があった。見慣れた風景にほっとしかけたが、すぐにお宮の中に鎧がないことに気づき、現実に引き戻されて暗い気分になった。ユハシは、セリが使った鎧をまだ戻していなかったのだ。

お宮の横から、そうっと向こう側を見た。お宮とユハシの家との間には、わずかだが起伏があり、見通すことができなかった。

レンは腹ばいになって起伏を登り、頂上から顔をのぞかせた。そして目を疑った。

ユハシの家のまわりを、松明《たいまつ》をかかげた何人かの人間がうろうろしており、窓から煙が出ていた。家の中には、ユハシが都から持ち帰った書物や教材がたくさんある。レンもそれらを使って勉強したし、また小さな子どもたちに教えもした。それらのものが、燃えているのだ。

レンは勢いよく立ち上がった。

家の周りにいる男たちの顔ぶれは、岩棚にいた取り巻き連中とほぼ同じようだった。そのひとりがレンに気づいて、あっと声をあげた。

しまった！　レンはあわててきびすを返した。走る背中に「あそこにいるぞ！」と叫ぶ声がぶつけられる。転げるように梯子を下りると、その梯子を抱え持って、洞窟の中へ駆け込んだ。

「ユハシさん、ごめんなさい。見つかっちゃいました。あいつら、こっちへ来ます。シザさんは？」

「まだ出てこない」

「ラキエだけでも、中へ入れて隠さないと」

ふたりはラキエを慎重に持ち上げて、狭い穴から奥へ運び入れた。

足の方を持っていたレンが、完全にラキエの身体が奥の空洞へ入ったと確認したとき、洞窟の入り口のほうで複数の声が聞こえた。

レンは梯子をつかみ、足から穴に入った。

男たちが、こちらへやってくるのが見えた。中には松明を持っている者もいる。レンは、寄ってきた男の足めがけて梯子を突き出した。男はあわてて飛びのいた。とっさにしたことだが、とりあえず防御の効果はあるようだ。レンは梯子をめちゃくちゃに突き出した。

男は踊るようにぴょんぴょん飛び跳ねながら、梯子を捕まえようとする。が、足元で動くものをつかむのは意外と難しいようだ。レンは、梯子を突き出したときにちょうど穴から飛び出し、引っ込めたときに穴の中に入るように調整した。そのほうが、よりつかまれにくいと思ったのだ。

だが、いつまでもこんなことを続けるわけにはいかない。後ろでは、ユハシがシザの名を何度も呼びながら、次第に奥へ行っているようだった。シザの返事は聞こえてこなかった。

レンの腕がそろそろ限界になって来たころ、ユハシが戻ってきて小声で言った。

「シザさんが、別の出口を見つけたそうだ」

レンは梯子攻撃をやめ、息を切らしながら立ち上がった。するとユハシはレンの手から梯子を取り上げ、両手と膝を使ってそれを折った。そしてその残骸を、レンが今まで攻撃を繰り出していた穴に押し込んだ。

そこへ、潜人灯をかざしたシザがやってきた。

「私が先導します。地面に目印を打ち込んだので、それをよく見てついてきてください。絶対によそ見をしないで」

先頭はシザ、次にラキエを背負ったユハシ、しんがりをレンがつとめた。シザは足元だけを照らし、決して上には灯りを向けなかった。はじめは下り坂で、かなり広い空間のようだった。しばらく進むと空間は少しずつ狭くなり、上り坂になっていった。

ユハシが遅れ気味になった。少女とはいえ、人間ひとりを背負って足場の悪い坂を上るのはよほど慣れていないと難しい。

「代わりましょう」

シザは立ち止まって、ユハシからラキエを引き取った。代わりにユハシが潜人灯を持って先頭に立った。一連の作業の間、シザは、後ろを振り返るな、と自分になんども言い聞かせた。振り返ったら、「あれ」を見てしまう。

「光が見えます！」

ユハシが叫び、シザが答えた。

「そこが出口です。あわてずに、気をつけて進んでください」

出口は入り口と同じく、腹ばいにならないと進めないほど狭かった。三人は協力してラキエを運び出し、外に出た。

5

そこは、邑の後背の山の中だった。出てきた穴は、もともと石造りの祠で塞がれていたようだ。シザがひとりで探索した際に、その隙間から漏れていた光を発見し、内側から石積みを突き崩したのだ。

一帯は窪地になっており、シダが生い茂っているので、一応は身を隠すことができた。しかし、集落からそれほど離れていないので、もし誰かが通りかかったら、見つかってしまう恐れがあった。

シザは腰嚢から一塊の固形油を取り出した。固形油は普通、くすんだ茶色っぽい色をしているが、それは妙に白かった。火をつけると、透明な青い炎を上げた。普通の固形油を燃やしたときの、じりじりした橙色と全く違うその色は、この世のものとは思えないほど美しく、そして不気味だった。その火で、ラキエを温めることができた。レンは彼女の手足をさすってやった。足は特に冷たく、氷のようだった。

「ラキエ」

レンが呼びかけると、ラキエはうっすらと目を開けた。シザはラキエの手首に触れ、脈をとった。

「どうですか」

ユハシが訊いた。

「命に別状はないと思います。しかし、こんなところではなく、ちゃんと屋根のあるところで休ませないと」

シザの言葉を聞いて、ユハシは悲痛な面持ちで、血の気を失った妹の顔を見つめた。

「せめて、我が家に帰ることができたら」

「あっ!」

レンがとつぜん大きな声をあげた。

「どうした」

驚くユハシに、レンは揺れる瞳を向けた。

「ユハシさんの家は……やつらに、火をつけられて」

「なんだって」

ふたりのやりとりを聞いて、シザも深刻な顔になった。

「そこまで暴徒化していたのか。うかつに邑へ戻ることはできないな」

手立てがないまま、時間だけが過ぎていった。固形油は当分もちそうだったが、夜になれば気温は下がるし、食料も水もここにはない。

　ふと、シザの耳がピクリと動いた。彼は「静かに」の合図をしてから潜刀を取り出し、握りしめた。しばらくして、シダの茂みがガサガサと揺れ、何かが近づいてきた。緊張する一行を上から覗き込んだのは――

「お母さ」

　レンの声は途中で消えた。レンの母親が、息子を力いっぱい抱きしめたのだ。

「よかった」

　あとは言葉にならない。しばらくそうしたあと、ようやく息子を放した母親は、横たわるラキエに気づいて息を呑んだ。彼女は、実の娘同然の少女に覆いかぶさって頬を寄せた。

「ごめんなさい。私がもっと気をつけていれば」

　ユハシがそっと近づいた。

「ルミさん、どうして我々がここにいるとわかったのですか」

「『お宮の下の横穴の奥にレンが入ったまま出てこない』と兄の取り巻きたちが話していたと教えてくれた人がいたの。行ってみたけど、取り巻きがいて近づけなかったので、もしかしたらと思ってここへ。この祠の奥は湖につながっているって、マナ――ラキエのお母さんに聞いたことがあったから」

「そうでしたか。邑は今、どうなっているのですか?」

「あなたの家が火事になったことで大騒ぎになっているわ。それは知っている?」

「さっき、レンから聞きました」

「火をつけたのは取り巻き連中だよ」とレン。

「やっぱり、そうなのね」

ルミは唇を噛んだ。

「邑長――もう母親だとも思わないけれど――と兄は、新しい知識を憎んでいるのよ。古い慣習を続けることが唯一の道だと信じ込んでいるの。わかっていたけれど、ここまでとは思ってなかったわ」

ルミはふたたびラキエの頬に手を触れ、シザを見た。

「この子は、どうなんですか?」

「今は落ち着いていますが、できるだけ早く医者に見せる必要があります」

「この邑の医者はダメです。邑長側の人間ですし、今は兄の治療にかかりきりです。隣邑まで行くしか」

「ウマのところまで行ければいいんだが」

「どこにつないであるんですか?」

「邑の手前の、見つかりにくい岩陰に。セリが、そうしたほうがいいと言ったので」

「そういえば、セリさんは？」

ルミは、不安そうに見回した。

「やはり、邑の方にもいないのですね」

ユハシも声を落としたが、シザはきっぱりと言った。

「彼女は大丈夫です。とにかくラキエさんを隣邑へ運ばないと。取り巻きたちはまだ我々を探しているのでしょうか？」

ルミは少しだけ思案した。

「そうかもしれませんけれど、この場所には思い至らないはずです。邑を出るなら、みんなが混乱している今のうちだと思います。できるだけ見つからないように、ご案内します」

「そうしていただけると助かります」

シザは早速、支度を始めた。ルミはユハシとレンに向き直った。

「あなたたちも、いったん邑を離れたほうがいいわ。水神様が現れたことと、兄のことで、邑長は怒り狂っているらしいから。私は、兄は自業自得だと思うけど」

ユハシは「水神」と聞いて、恐ろしい光景を思い出した。

「沖に出現したあれを、みんな見たのですか？」

ルミは頷いた。

「ええ。邑のほとんど全員が見たでしょう。私も含めて誰もが茫然としたわ。ひざまずいてお祈りを捧げるお年寄りもいた。だけど、あれが崩れ去ったとき、子どもたちがその正体に気づいたの。あれは稚児様が集まったものだって」

ユハシもレンもシザも、えっ？　という顔でルミを見た。彼女はユハシに向かって微笑んだ。

「あなたの教室に通っている子どもたちよ。『自分の目で見て、考える』という、あなたが教えたことを守っているのよ」

ユハシは、驚きと嬉しさが入り混じったような顔になった。迷信にとらわれる邑長や邑人に冷ややかな目を向けられながら、子どもたちに知識を授ける地道な活動をしてきたことは、無駄ではなかったのだ。彼は、決意を込めた目をルミに向けた。

「私は、今回の件で邑長と息子を告発しようと思います。本当に、こんなことはもうやめなければならない。あなたには申し訳ありませんが」

ルミは、きっぱりと首を横に振った。

「いいえ、申し訳なく思う必要なんてないわ。私は、母と兄とは違う。間違っていることは間違っていると、はっきりさせないと。私はあなたの味方よ」

「ルミさん……ありがとう」

「急ぎましょう」

ラキエをすぐに抱き上げられる姿勢をとったシザが、会話の切れ目を狙って促した。

四人はルミの先導で、何とか誰にも見つからずにウマのところまで来ることができた。

二人乗りになるため、半分以上の荷を捨てた。セリの荷を選り分けるとき、シザの手がかすかに震えているのをレンは見た。

ルミにひっそりと見送られ、四人は邑をあとにした。

第五章　貝爺

1

　セリは水中へ潜っていった。湖の表面は荒れている。深いほうが水のうねりはゆるやかになり、思いどおりに泳ぐことができる。水深五米で止まって体の向きを変え、水神へ向かって進みだした。「虚」には入らない。まだ意識を明晰に保っていたい。

　ラキエがあんな目に遭う前になんとかできなかったのかという後悔はあったが、時間を戻すことはできない。あとはレンとシザが対処してくれるはずだ。

　沖に現れた水神を見た瞬間、セリにはわかった。

　弟がいると思ったこと。旅に出たこと。この邑に来たこと。レンに会ったこと。油井の修理の依頼を受けたこと。すべては、この時点へ来るためだった。

解き明かさなければならないことは、ただひとつ。何があたしを呼んだのか。

セリは潜刀を握りしめた。

水の向こうに、なかなか水神の姿は見えてこなかった。息が続かなくなり、いったん浮上する。降りしきる雨とうねる波の向こうに水神の背中が見えた。先刻と同じ位置だ。水中にある部分は見えないのか。

湖上を泳いでいこうとしたが、波が激しすぎて無理だった。セリは再び潜った。

今度は、もう少し浅いところを仰向けに進んだ。昨日までは太陽の光を美しく透過した湖水も、いまは茶色く濁り、見通しがきかない。

距離を測って、ふたたび浮上した。

水神の身体が、すぐそこにあった。

その表面についた無数の目が、一斉にこちらを向いた。

セリは水神の身体に飲み込まれた。

2

静けさが、彼女の目を覚まさせた。

上質な夜具に包まれた身体はすっきりと軽く、吸い込む空気は清浄そのもの。壁にも床にも天井にも、しみひとつ、ほこりひとつついていない。なにもかもが、新しく生まれ変わったようだ。

セリは幸福な気持ちで夜具を抜け出し、寝台から降りた。ベークライトの窓から、清らかな光が差し込んでいる。透明度の高い上級品だ。

留め具をはずして窓を開ける。大好きな湖の香りを含んだやさしい風が、あいさつのように顔を撫で、後方へ流れ去っていく。

ドアが開き、おはようと元気な声がした。つい昨日入隊した弟だ。

「ああ、おはよう。そうか、同じ部屋だっけな」

「そうだよ。姉ちゃんの鼾がうるさくて寝られなかったよ」

「よく言うよ」

セリは微笑んだ。あんなに小さくて虚弱で、ちょっとこづくとすぐに泣き出した弟が、潜水学校の試験を受けて合格し、三年間の学業と訓練に耐えて潜水隊に入隊したなんて。

「いま、ラキエが朝ごはんを持ってきてくれるって」

「本当に？　うれしいな」

ふたりは窓際の卓に向かい合ってすわる。

弟はセリの顔を見てにこにこしている。

「どうしてそんなに笑ってるんだ？」

「だって、うれしいんだもん」

それを聞いて、セリの顔もほころんだ。そう、ずっとこうだった。子どものときからずっと、姉弟ふたりだけで……。

開け放った窓から、なまあたたかい風が吹き込んだ。

またドアが開いて、かわいらしい少女がおどるように入って来た。

「おはよう。朝からがんばっちゃった」

陽気に言うと、掲げていた盆を正面に捧げもって、芝居がかったお辞儀をした。

「何を作ったの？」

弟が待ちきれないように立ち上がって、盆の上を覗き込む。セリも首を伸ばしてそれを見た。

少女の顔を隠した盆の上に、無表情であらぬかたを見やる稚児が乗っていた。

セリは、身体が裂けるかと思うほどの、ありったけの叫び声を上げた。

歩いていた。

石の地面は固く、冷たかった。

ちらちらと白いものが舞っていたが、積もるほどではなく、人々の肩に静かに吸い込まれていった。

暗い冬の朝、セリは母親の葬列の先頭を歩かされていた。

後ろには、棺を肩に担いだ男たちが続く。

セリは母の名を記した石盤を持ち、自分のつま先だけを見て歩いている。

大人たちは口をつぐんでいる。だがセリの耳には、ひそひそ話がつきささるように聞こえてくる。

お父さんと同じ病気ですって。お若いのにお気の毒に。これからどうするのかしら。親戚はいないの？　かわいそうに、引き取ってくれる人がいなければ孤児院行きね。きょうだいは？　きょうだい？　さあ……。

「弟はいない」

奇妙に現実感のある声が、すぐ近くから聞こえた。セリは、はっとしてあたりを見回す。水の中で喋っているようなくぐもった声で、本を読んでいるように抑揚がない。

「弟はいない」

もう一度声がした。こんどははっきりわかった。右隣の人だ。その位置にいままで人がいたのかどうかは、思い出せなかった。

セリはその人を見た。

背が高く、頭巾を目深に被っている。

ゆっくりとこちらを振り向き、頭巾の奥が見えた。

左右に離れた、感情のない、まばたきしない目。

半開きの平べったい唇と、あごのない輪郭。

セリは限界まで目を見開き、口を開け、
叫びは水に遮られた。

まわりがすべて水では、叫びなど上げようがない。声と言えば、あの恐ろしくもどかしい喉歌だけ。

いつもいつも、冷静でいなければならなかった。

どんな危険に遭遇しても、湖の中では、決して感情を揺らしてはならなかった。

セリは叫びたかった。恐れ、悲しみ、怒り、喜び、何でもいい。いや、それらすべてを一気に、それこそ身体が空っぽになるまで吐き出したかった。

それには、浮上しなければ。こんな光も届かない、よどんだ水の底を漂っているわけにはいかない。

上へ。

光を。

空気を。

声を。

風を。

星々を。

音楽を。

あたたかさを——。

ざっ、と水が割れた。

鰓が閉じ、肺に空気が流れ込む。

セリは、あれほど念願だった叫び声を夜の湖面に迸らせる自分の姿を、どこか遠くで見ているような気がした。

自分の身体が波間に浮かんで、夜の空気を呼吸したり、満天の星を見上げたりしているのはわかる。だが、音も、景色も、感触も、まるで分厚い寒天を通して耳や目や皮膚に伝わってくるみたいだ。セリの本体は、身体の奥深いところに、小さくなって閉じ込められているようだった。

波にまかせて漂っていると、やがて岸が近づいてきた。

岸は平らに整形され、湖面から上がれるように石段が刻んである。

セリは苦労して身体を操り、石段を這いずって上った。その間、あちこちに身体をぶつけ、皮膚が破れて血が滲み出したようだったが、気にしていられなかった。

やっとのことで上まで到達し、立ち上がろうとしたが、足がぐらついてどうにもならない。すぐに倒れてしまった。倒れるとき、手首の骨が折れたような気がしたが、おぼろげな感覚では定かではなかった。

起き上がることができず、そのまま倒れていた。

地面が冷たい、らしい。

ぎゃっと叫ぶ声。走り去る足音。

少しして、こんどは近づいて来る複数の足音と声。

よかった、手助けを、と言おうと思って、セリは声のほうを見上げた。途端にまた悲鳴が上がる。生きてるぞ！　と叫ぶ声がして、場があわただしくなった。

身体にすっぽりと布をかけられ、手首をつかまれたり、目を広げられたり、口の中を覗かれたりした。

耳元で、怒鳴り声がした。名前は、年齢は、住所は。

セリはそれらの質問に答えようとして、口を開いて喉から空気を押し出した。しかし、出てくるのは、意味不明のうめき声だけだった。

セリは担架に乗せられ、運ばれた。


頬に触れる、がさついた夜具の感触。ほこりっぽい空気。冷たい夜の沈黙。

セリはうすく目を開けた。傍らに誰かがいる。横たわった自分の顔を、心配そうに覗き込んでいる。よく知っている男だった。名前を呼びたいのに、声にならない。

「セリ、どうした」

男はささやいて、片手でそっとセリの頬に触れた。

はじめて知る感触だった。過酷な仕事のために皮が分厚く、硬くなっているが、大きくて温かい。頬に当てられた手を握り締めて、セリは子どものようにしゃくり上げた。

「怖い夢をみたのか」

違和感がセリの胸をはげしく揺さぶった。この男はこんな言い方はしない。

「すまない……本当に……。こうなってしまったのは私の責任だ」

シザは自由なほうの手で、セリの髪をそっと撫でた。セリの違和感はますます大きくなった。しかし、それらの感情や思考を言葉にあらわすことはできなかった。ただ泣き続けるだけだ。

「湖で行方不明になった者が、数年後に戻ってくることがあるというのは本当だ。きみが言ったとおり、何件も報告されている。だが、それを公にできないのは……戻ってきた者が……ことごとく精神に異常をきたしていたからだ」

シザの苦悩に満ちた声は、セリに向けられてはいない。彼は自分に語って、自分をなぐさめているのだ。

抑えようのない感情が湧き上がった。

ちがう！　ちがう！　ちがう！

あたしは正気だ！

出して！　あたしをここから出しなさい！

セリの中のセリが、声なき叫びを上げる。

身体が浮上した。錘を捨て、湖面へ向かうときの感じと同じだ。下の方に一瞬、横たわる自分と、背を丸めて打ちひしがれているシザの姿が見えた。

それだけで、景色は遠ざかった。

（人間はあわれだ）

（人間はひとりだ）

（人間は虚しい生き物だ）

呟きが泡になり、水中に溶けていく。

（おまえたちは違うのか？）

セリは問うた。

稚児の半透明の身体は、水中ではほとんど見えない。

声が幾重にも重なった。稚児は、びっしりと水中を埋め尽くしていた。

（われわれは大勢だ）

（われわれは陸にあがれなかっただがさびしくはない湖の中で溶けたり凝固したりして常に身体と心を混ぜあっているからだ人間はどうだ生まれてから死ぬまでたったひとつの身体しかもこころはひとつの身体に閉じ込められ外に出ることはできない「じぶん」は決して「たにん」の心がわからないなんというおそろしいことだなんという孤独だ）

稚児の声が全方位からわんわんと共鳴し、セリは押しつぶされそうになった。

人間が、他人の心がわからないから孤独だって？　おまえらは、いつも溶けて混ざってまた分離しているからさびしくないって？　ふざけるな！　自分以外のことが決してわからないからこそ、人間の想像力は発達したのだ。他人を思いやるために。他人をいつくしむために。他人の苦しみをわがこととするために。

セリは無性に腹が立った。湖の中なのに、感情を波立たせても呼吸が苦しくならないことには気がつかなかった。

そのとき、どこからか旋律のようなものがかすかに聞こえてきた。

セリは耳をすませた。

これは、潜人の喉歌だ。

心地よい中低音の、よく響く、優しい振動。

潜水隊が使う、意味を伝えるだけの記号文ではない。

片恋の切なさを歌う、流行おくれの歌謡曲。その旋律はゆるやかに、途切れることなく水中をただよい、はるかな距離を隔てて伝わってくる。

セリは満たされた。

聴け、稚児たちよ。これでも人間は孤独なのか？

あたりは、ほの白い光に満ちていた。光はどこから発せられているかわからず、霧のように散乱して空間をあいまいに照らしていた。床は硬質な白い岩。

セリはそこに立っていた。いつからそうしていたのか、わからない。身体は濡れていない。

巨大な布絵がかかっていた。巨大すぎて上のほうが見えない。見回すと、同じような布絵が、はるか向こうまでたくさんかかっている。空間の拡がりは無限かとも思われた。

セリは布絵の図案を、よく見知っていた。

貝の分泌物で糸を染め、気の遠くなるような手間をかけて布絵は織られる。なのに、なぜこんなに不気味なものを作るのだろうといつも思う。もっと美しい図柄にしたらいいのに。

不吉な手足。悪夢のような頭。

そして――波間に散らばる横長の模様。

セリは歩き出した。

布絵は不規則な間隔で吊り下げられており、かき分けなければならないほど密集しているかと思うと、ふいにひらけるときもある。何度かそんなことを繰り返した後、ひときわひらけた場所に出た。

男がぽつねんと座していた。穏やかな笑みを浮かべて、遠くを見ている。

「あなたは」

セリの声で、男ははじめてセリの存在に気づいたようだ。ゆっくりとセリのほうに顔を向けて言った。

「わしか。わしのことは貝爺《かいじい》と呼びなさい。呼び名がないと不便だろう」

「貝爺……」

「ここは静かだ。長旅で疲れただろう。ゆっくりしていくといい」

「旅なんてしていないし、疲れてもいません」

「ははは、そうか。わしも若いときは疲れを知らなかった。一日中カタライをしてもな」

貝爺は湯釜から柄杓で熱い湯を掬い、茶碗に注いだ。セリはその手つきをどこかで見たことがあったが、思い出せなかった。

セリは貝爺の向かいに座った。貝爺は、いま湯を注いだばかりの茶碗を、何やらまわりくどい作法に従ってセリに勧めた。セリは茶碗を手にとった。石でもベークライトでもない。寒天のような、湿り気を帯びて手に吸い付くような肌触りだ。よく見ると、茶碗は子どもの頭ほどの大きさがあり、中に入っているのはいま注いだ熱湯ではなく、湖水のようだった。水の中では、乾燥から戻りつつある茶葉が揺れている。いや、茶葉ではない。湖底に生えている水草そのものだ。

揺れる水草を見ていると、その肉厚の葉のあいだに、何か小さなものが蠢いているような気がした。もっとよく見ようと目をこらすと、正面の男が何か言った。

はっとして顔を上げた。

この男——貝爺と名乗った男。ユハシとラキエの父。邑で唯一の潜人。多機能の油井櫓を作った天才技師。

「何を見た」

貝爺は優しい口調でたずねた。セリは急に心細くなった。

「いくつか、夢を見ました。でも、夢ではないかもしれません」

「そなたが見たのは、数多《あまた》ある可能性のうちのいくつかだ」

「未来ということですか」

「この線上にある未来とは限らない。可能性はどの時点でも無数に分岐している。過去の分岐の先にある、こちらでは起こらないことが決定済みの未来もある」

「どうして、それが見えたのですか」

「湖の中だからだ」

湖の中だから、可能性が見える。その理屈は理解できなかったが、ここが湖の中だということは納得した。

「たしかに、ここはとても落ち着きます」

貝爺は満足そうに頷いて、立ち上がった。

「少し散歩しようか」

「はい」

ふたりは、お宮の下の横穴にいた。貝爺は突き当たりの壁の一部をはずすと、その中へ這っていった。セリも同じようにした。

「灯りを持っているかね」

セリは腰嚢から潜人灯を取り出して振った。青白い光が満ちる。貝爺に手渡すと、彼はそれを持って歩き始めた。

ごつごつした岩を下り、貝爺は立ち止まって灯りを高く掲げた。

照らし出されたものを見て、セリは驚きのあまり息を吸い込んだ。

「水神様……」

巨大な水神は、膝を折り曲げてうずくまり、空洞の壁に寄りかかっていた。サカナの頭に人間の身体。白く、妙にすべすべしていて、とうの昔に命は失っているが、元はたしかに生物であったことが、関節や皮膚の皺などの細部から知れた。

「！」

いま肺に取り入れた空気が、新たな事実を告げた。

「この匂い」

貝爺を見ると、また、黙って頷いた。セリの気づきが言葉になるまで、待っているようだ。

「……油の元は、水神様だったのですね」

「これを見つけたとき、わしも本当に驚いた。油がなければ、煮炊きをすることも、灯りをともすことも、ベークライトを作ることもできない。人間の文明は油に支えられている。だが、我々が生きるためにもっと欠かせないものがある。湖の水が、そのままでほぼ完璧な栄養源になるのはなぜだと思う」

「なぜって」

セリは考え込んだ。答えが出そうで出ない。

「……わかりません」

貝爺の表情は穏やかなままだ。

「外に出よう」

そう言うと、来た方へは戻らず、奥へ進んだ。

長い登りだった。左右も上下も岩が迫って来て、立つのがやっとになり、最後はまた、這って外に出た。

そこは湖を見下ろす山の中腹で、シダの生い茂る窪地だった。窪地の縁に登ると、眼下に緑の湖が広がっていた。湖の中には油井櫓も養殖場もなく、陸には一軒の家もないが、湖岸に裸の人間たちが動いていた。そこここで煙が上がっている。よく見ると、地面にできた油溜まりから油を汲んで、暖をとったり調理をしているようだ。

やがて人間たちは奇妙な行動に出た。ひとり、またひとりと、後ろ向きで湖に入るのだ。不思議に思っているうちに、湖岸に人間はひとりもいなくなった。しばらくして、水の中から岩場に上がってくるものがあった。目が頭の横に突き出し、透き通る身体の中に骨格と内臓が浮いている。稚児様だ。しかし、やはり動きがおかしい。頭を下にして、足の方から腹ばいで上がってくる。岩場はたちまち、ぐにゃぐにゃした稚児様で埋め尽くされた。しかし、さっきの人間と違って、彼らは漫然と岩の間の水たまりで蠢いているだけだった。何もしないまま、稚児たちはまた後ろ向きで水に戻り、あっという間にいなくなった。

「ああ」

セリは声をあげた。貝爺はその顔を見て目を細めた。

「わかったか」

「時間が逆戻りしているんですね」

いつのまにか足元のシダはなくなり、乾燥した、険しい岩山の風景が広がっていた。陸にはもう何もない。いや、「まだ」何もないというのが正解なのだろう。不毛の陸地に比べて、緑の湖はいかにも豊かに見えた。

セリは無意識に足を踏み出した。岩山を走り下って、そのまま湖に飛び込みたかった。

「どうした、さあ行こう」

貝爺は促したが、セリは戸惑った。

「分離装置《エラ》と潜面《メン》がありません」

「かまわんよ」

貝爺はセリを置いて走り出し、見事な姿勢で飛び込んだ。セリはあわてて後を追った。

水の中は、セリがこれまでに見た湖のどこよりも美しかった。緑の水は濃いのに透き通っていて、ずっと先まで見通すことができる。日の光が深くまで届くので、水草の群落も豊かだ。セリは我を忘れて、その光景を眺めた。

貝爺が隣に来た。

「楽に息ができるだろう」

言われて初めて気がついた。たしかに、分離装置《エラ》も潜面もつけていないのに、水の中で呼吸ができる。しかも、あの窮屈な呼吸法をしなくてすむので、意識を明晰に保っていられる。

「本当だ」

声も普通に出せる。

身体の奥のどこかを突き破って、溢れ出すものがあった。喜びの感情だった。セリは歓喜をほとばしらせながら、湖の中を泳ぎ回った。

これが望みだった。素直な感情のまま、全身で湖を感じること。セリは勢いに任せてぐんぐん進んだ。座標も深度も気にしない。あたしは行きたいところに行くことができる。

しばらくそうしていると、頭上が暗くなった。見上げて啞然とした。

水神が、ゆったりと視界を横切ろうとしている。さっき空洞で見た水神も大きかったが、あの身体をのばすと、これほどになるのか。ゆうに三十米はあろうかという生物が泳ぐさまは壮観だった。セリは水神が向かう先に目をやった。平らな垂直の壁がある。水神が近づくと、壁は真ん中から左右に分かれて、水神を迎え入れた。

何気なく自分もそちらへ行こうとすると、後ろから肩を叩かれた。振り向くと、貝爺がいた。

「あの向こうは水神族の領域だ。我々は見ることができない」

貝爺は永久煙管を取り出して口にくわえ、深く吸い込んだ。その所作は、惚れ惚れするほど様になっている。セリも自分の永久煙管を取り出した。吸い方を真似しようとしたが、どうもうまくいかない。

貝爺は語り出した。

「遠い昔、この世界には大きな陸地がいくつもあり、広範囲に文明が栄えていた。しかし天変地異によって、居住可能な陸地の大半が大きな水に沈んでしまった。そのとき世界の覇者であったのは、水神族の元になった種族だった。彼らは自らの身体を水中で呼吸ができるように作り変え、水底に街を作り、水中に文明世界を築いた。その時代は長く続いた。死骸が死蠟になり、油になるくらいな。

あるとき水神族は、水底が隆起して新たな陸地ができているのを発見し、その陸地の中に実験場を作った。特別な緑の水を貯めて、そこで陸上生物の開発を始めたのだ。彼らは、ふたたび文明の舞台は陸地に移ると予測していた。同時に、自分たちの種としての寿命がもう長くないことも。だからせめて、自分たちの形質を受け継いだ高等生物を残したいと考えた。

稚児は、いわば我々の兄なのだが、陸には上がれなかった。次に作られたのが我々人間だ。今度はなんとか陸へ上がることができた。水神は、陸に上がった人間が稚児のように水中に戻ることがないよう、水に対する恐れを与えた。しかし、人間は水を恐れながらも、湖の縁にへばりついて離れようとしない。そのうえ油を利用し始めたのは、水神族の計算外だった。実験場の地層に水神族の肉体由来の油が浸透していたことは偶然だったのだ。その後、滅びる水神族と入れ替わるように、人間は実験場に文明を築いた」

貝爺はそこで一息入れ、セリに顔を向けた。

「だが我々は、もうじきここを離れなければならない。なぜだかわかるか」

セリは、さっき湖岸で見た裸の人間たちの様子を思い出した。勝手に噴出して岩のくぼみに溜まっていた油。今、油は湖底を掘らないと出ない。

彼女は永久煙管を口から離して貝爺を見た。

「……油の枯渇ですか」

貝爺は頷いた。

「人間が考えているよりはるかに油の残量は少ない。そなたたちが歩かせてくれた櫓も、次は逆に沖に移動させなければならないだろう。そして、油以外にも問題がある」

貝爺は、さっき水神が出て行った壁を示した。

「今の状態だ」

壁は半分開いた状態で止まっており、長いこと使われていない様子が見て取れた。

「稚児や我々を生み出した緑の水に、外の世界の水が混ざってしまっている。この湖が貝や水草を育む力は、落ちる一方だ」

「……だから、辺境では湖が薄いのか」

セリは、打つ手がないもどかしさを感じて、手に持った永久煙管を反対の手にぽん、ぽんと叩きつけた。

「だけど、ここを離れてどこへ行くんですか？　山の向こう側？」

「山越えは必要だ。しかし、最終目的地はそこではない」

「どういうことです」

「外の世界に出るのだよ」

セリはいくつかの会話を思い出した。

「……青き大きな水」

ナギサがあって、サカナがいる。あの言い伝えは、青き大きな水の先にある他の陸地を目指せということだったのか。しかし――

「無理です。水に対する忌避反応を示さないのは百人にひとりです。今の話だと、水への恐れは水神族が人間に与えた本能みたいなものなんでしょう？　それに、他の陸地がどこにあるのか、いや、あるかどうかもわからないのに！」

「陸地はすでに出現している」

「どうしてわかるんですか」

「さっきから話している水神族と稚児と人間の歴史を、わしがどうやって知ったと思う」

セリはまた、永久煙管を叩きつけだした。その間隔がどんどん短くなっていき、ふいに止まった。

「わからない。お手上げです」

周囲の様子が変わった。セリはそれを見極めて、思わずヒッと悲鳴をあげた。無数の稚児が水中を埋め尽くし、無数の二倍の目がこちらを一斉に見た。

「彼らは水神族の歴史と計画を連綿と伝えている。彼らに個というものはない。群れ全体が一つの記憶装置なのだ。世代が変わっても記憶は受け継がれる。そして彼らはその膨大な情報を演算し、未来を見ることもできる」

貝爺の言葉は、先ほどわからなかったことの理解を促した。

湖の中だから、可能性が見える。

それは、稚児たちの演算によっていくつもの未来が示されるということだったのだ。

「だから、わしが言うことは思いつきでもデタラメでもない。稚児たちの未来予測だ。さて話を戻すが——新しき陸地を目指すのに、泳いで行くわけでも、水底を歩いて行くわけでもない」

セリは混乱した。

「それじゃ、どうやって水を越えるのですか」

貝爺はあっさり答えた。

「舟だよ」

「舟……？」

「水に浮かんで進む、たくさんの人を運ぶことができる乗り物だ」

セリの喉の奥に笑いがこみあげた。

「はは……たくさんの人を……そんな大きなものを水に浮かべるって……いったい、どれだけの浮袋が要るっていうんです……はは、はははははは」

貝爺はかまわずに続けた。

「そなたがそう思うのも無理はない。人間は潜水技術ばかり発達させ、水の表面に関心を向けることがなかった。山のこちら側には陸上植物はシダと苔しかなく、ベークライトで大きな面材を成形する技術はまだない。だが山の向こう側にはもっと大きなシダがある可能性がある。ナギサに出れば、他の陸地から流れてきた木があるかもしれない。そういったものを利用して舟を作るのだ」

「木……？」

「シダよりもずっと大きくて強い植物だ。そのままでも水に浮くが、ならべてつなげれば人が乗ることができる」

貝爺の言葉が終わらないうちに、セリの目の前に舟の像がありありと現れた。

青き大きな水。それは湖よりもはるかに深く、はるかに広い。

その表面を、シダの葉のように頼りなく揺れながら進む、一艘の舟。

これまでなんどかその形を見たことがあった。あるときは布絵で、あるときは壁画で。ウマの鞍を横に長くしたように見えたそれは、舟だったのだ。

「あたしは……舟を作る……」

セリはしばらく、食い入るようにその光景を見た。これまでに貝爺と一緒に見た光景も、稚児たちが作り出した幻であることを、今は理解していた。

「もしかして、それが、湖に還った人間が受け取る水神様からの伝言ですか？　あまりに途方もないので、精神が耐えられなくなってしまうという」

「伝言の内容よりも、伝え方に問題があった。感情を持たない稚児が人間と対話をするのは、かなり無理があるのだ。それでも稚児はあの手この手で人間を水中深くに呼び寄せる。水神が彼らにその使命を与えたからだ」

セリはまた気づいた。

「あたしがカタライのときに見た手招きする幻も、稚児たちが作った水神様も、あたしを水中に呼び寄せるためだった。弟を捜さなければと思わせたのもそう……」

「わしも、そうやって呼ばれた。そして、やはり元のままモドることはできなかった。だが、わしは稚児たちの一部を手なずけることができた。だからこうして、稚児からではなく、わしを介してそなたに水神からの伝言を伝えることができたというわけだ」

「じゃあ、こういう形で伝言を受け取ったのは、あたしが初めて?」

貝爺は満足そうな目を向けた。

「そなたは、完全な形でモドることができるはずだ」

舟の幻は消え、ふたりは布絵の前に戻ってきていた。セリはその図像を見上げた。波と波との間に描かれた形が、はっきりした意味を伴って目に入ってくる。

どこからか、歌が聞こえた。貝爺が楽しそうに言う。

「そなたの恋人が歌っている」

「恋人じゃない」

セリは憮然として答えた。

「さあ、向こうがそう思っているかどうか」

喉歌は低く長く、水流のように漂った。貝爺はまた言った。

「帰りたくなったか」

セリは長いこと思案していた。いや、思案するふりをしていた。無駄なことだとわかっていた。水の中では心を隠すことはできない。

貝爺は気長に待っていた。

「……そうですね」

セリはようやく言った。

「あなたはどうします」

「わしは一度、モドリになった。二度目は無理だろう」

「そうですか……」

あなたがいてくれたら、どんなに心強かったことか。

そう言おうとしたとき、貝爺の横に誰かがいることに気づいた。ラキエにそっくりの、大人の女性。その顔をよく見ようとすると、寄り添ったふたりは薄くなり、見えなくなった。

布絵も消え、何もない空間に歌だけが残った。

歌を返さなくては。

だが、彼女には今、声帯がなかった。声帯だけでなく、何もなかった。

水神が湖の水から人間を作ったときと同じように、彼女は自分の身体をもう一度作らなければならなかった。

第六章　都にて

1

石畳の街路に点灯夫が現れる時間になった。夜の帳《とばり》が下りる前に、街灯にひとつひとつ、火を入れて回るのだ。

人々の間を行き来しながら草履《ぞうり》を売り歩いていた男が、点灯夫の作業の様子に目を留めた。ちょうどそのとき声をかけてきた客に、最後だからまけておくと言って、残っていた三足を押しつけるように手渡した。手ぶらになった草履売りは、かぶっている編笠の前を一層下げ、街の中心部とは反対方向に歩き出した。

暮れなずむ街に、点々と灯りがともっていくさまは幻想的だ。しかし彼は、その光景にはもう目もくれず、足早に街はずれへと向かった。目的の場所は、街灯のあまり立っていない、殺風景な倉庫街だった。

そこでしばらく待っていると、ほど近い建物の陰で、一度だけ灯りが揺れた。近づくと、このような秘密めいた待ち合わせには縁のなさそうな若者が、爽やかな笑みで迎えた。

「念のため、ここから先は声を出さないでください。あなただとわかったら、今度こそ復職できませんよ」

若者はそう言うと、持っていた風呂敷包みを解いた。

「これを身につけてください。身分の高い宮守がお忍びで慰問《いもん》に来たことにしますので」

それは、高齢者が着るような長羽織と、顔を隠す頭巾だった。

草履売りの支度ができると、若者は灯りを持って先導を始めた。人気のない倉庫の間の細い道を通り抜け、湖に突き出した小高い丘を登る。立ち入り禁止の柵を乗り越え、湖側の崖に設けられた長い階段を下った。そろそろ湖面に到達する頃、階段が終わった。崖にめり込むように四角い建物が建っており、守衛所があった。ここで待っていてくださいと言って男は守衛所へ行き、中の人間とやりとりしてから、草履売りを招き寄せた。案内の者はつかず、訪問者だけで行くらしい。

「一年以内に入った者の部屋を聞いてきました。手前から順に行きます」

長く暗い廊下を進みながら、若者は説明した。

やがて、廊下の片側にだけ扉が並んでいるところに来た。扉があるのは湖側だ。

「まずは、この部屋です」

若者は先に自分で覗いてたしかめてから、草履売りに場所を譲った。

扉についた小さな窓から、部屋全体が見えた。狭くもなく広くもない空間の奥に、広めの窓が開いている。そこから湖がよく見えた。部屋に灯りがないので、油井設備や街の灯りの照り返しで、外の方が明るい。その逆光に、部屋の中央に窓の方を向いてうずくまった人の形が黒くくり抜かれていた。

草履売りは部屋の中を凝視したまま、素早くなめらかに手を動かした。

(顔・見る・可能か?)

潜人手話だった。

「明るさに反応すると聞いています」

若者は草履売りに、持っていた灯りを手渡した。草履売りはそれを、小窓の高さに掲げた。

うずくまった人の顔が、ゆっくりと――振り向いた。

草履売りは息を呑んだ。意思を感じない瞳は、深い青色をしていた。

彼は小窓から離れ、ふたりは次の部屋へ行った。そこでも同じように、灯りを使って収容者を振り向かせた。瞳の色は、やはり深い青だった。この収容者は髪が短いので、首筋が見えた。耳の下、首の中ほどに、長い線がある。単なる皺かと思ったが、見ているうちに不自然に思えてきた。灯りを下ろすと、収容者はゆっくりと窓の方に向き直った。

草履売りは口を押さえて後じさった。

「気分が悪いのですか？」

気遣う若者に、草履売りは首を横に振って見せ、「問題なし」の合図をした。

そうしてふたりは、五つの部屋を回った。

「これで全員です。あとの部屋は皆、一年以上前からいる者のようです」

若者はそう告げて、出口へ向かった。

入ったときと同じように守衛所でのやり取りがあって、長い階段を上った。丘を下り、倉庫街まで来ると、手引きをした若者は安堵のため息をついた。それから、なかば自分に言い聞かせるように呟いた。

「いませんでした……ね？」

草履売りは声には出さなかったが、かすかに頷いて同意を示したようだった。それから、

「無理を言ってすまなかった」

と静かに言った。若者は背筋を伸ばした。

「いえ、滅相もないことであります。お力になれて光栄です」

「きみが教えてくれなかったら、あの施設の存在を知ることはできなかった。礼を言う」

草履売りは頭巾をとった。若者は慌てて周囲を見回した。

「誰が見ているかわかりません。家に帰るまで、お顔は隠された方が」

「わかっている」

草履売りは羽織を脱ぎ、頭巾とともに若者に返してから、背中に回していた編笠を目深にかぶった。若者は受け取ったものを風呂敷に包むと、心配そうな目を草履売りに向けた。

「本当に、気をつけてください。辺境から連れ帰った子どもをふたり、養い子にされたと聞きました。差し出がましいことを言うようですが、あなたが稼ぎ口を失うようなことがあっては」

草履売りは苦笑した。若者の前で今日はじめて見せた、表情らしい表情だった。

「養い子ではないよ。ふたりとも、もう大きい。それに、近頃は私の草履作りの腕も上がってよく売れるようになったから、このまま草履売りでいるのも悪くないと思っている」

「班長！」

若者は感極まったように声をあげた。

「……お辛い経験をされたと思います。自分も、仲間を失うのは辛いです」

彼の目には涙が光っていた。

「自分は、あなたが必ず潜水部隊に戻ると信じています。また、一緒にカタライができる日を……心待ちに、して、おります」

シザは、かつての部下の肩に手を置いた。彼が潜水隊の幹部の息子であることは、他の隊員たちには知らされていなかったが、上司であるシザは知っていた。ふたりだけで会い、「モドリ病棟」のことをたずねたときは、顔を強張らせて何もわからないと言ったが、あとで連絡してきて「じつは……」と打ち明けてくれたのだ。

「もうすぐ謹慎期間が明ける。その前に復職後の配属先が決まるはずだが、潜水部隊には戻れないだろう」

「…………」

「そうだ、ひとつ教えてほしいことがある」

「私にわかることでしたら、何なりと」

若者は涙を拭いて顔を上げた。シザは若者の、善良そうな黒い瞳を見た。そう、これが陸の人間の瞳だ。さっき見た深い青とは違う。

「今年の油の産出量が、昨年よりも少ないというのは本当か？」

シザの質問が意外だったようで、若者は一瞬口を半開きにしたが、すぐに引き締めた。

「はい、それは本当です。枯れた油井が多かったのです。しかし、新しい油井を次々に開発していますから、来年には回復するでしょう」

「そうか」

シザはそれから、改めて今日の骨折りについて若者に礼を述べると、編笠の前を下げ、背を向けて歩み去った。

2

レンが帰ったとき、長屋の家の中は真っ暗だった。いつもなら同居人の方が先に帰っているのだが、今日はどうしたのだろう。

隣の家には温かい灯がともり、夕食の支度の音と匂いが漂ってくる。レンは先にそちらの扉を開けて声をかけた。

「ただいま」

「お帰りなさい」

かまどの前にいる二人の女性が、にっこり笑って返事をした。レンは心の底から幸せな気持ちになった。片方の、レンと同い年ぐらいの少女が、パタパタとこちらにやってきた。

レンは鞄の中から本を一冊取り出した。

「これ、頼まれてた本」

「ありがとう」

と少女は片手で受け取ってから、芝居がかったすまし顔になった。

「お礼と言ってはなんですが」

少女――ラキエは、体の後ろに隠した手を前に出した。その上に小さな包みが載っている。

レンは受け取り、包みを開いて驚いた。

「干しアワビじゃない。こんな高いもの、どうしたの」

「このまえ潜水学校の先生の奥様から、刺繡帯《ししゅうおび》のご注文をいただいたでしょう。それが出来上がったので、今日持って行ったの。そしたらとても喜んでくださって、お代金とは別にって。お断りしたんだけど、頂き物のおすそ分けだからって……」

「ああ、テム先生の奥さん」

レンは潜水学校の放課後、学校の図書室で働いていた。図書室担当の教官と雑談をするうち、その教官の夫人が大の手工芸品好きであることを知った。そこで、ラキエが故郷の伝統工芸である刺繡が得意なことを話したのである。そんなことがきっかけで成立した「商談」だった。

「お兄さんによろしくって言われたわ」

レンは苦笑した。都の通念は辺境とは違う。故郷の邑ではふたりは婚約者だったが、都で知り合った人には「血のつながらない親戚で、一緒に育った兄妹のような関係」という説明をしていた。

「明日、ぼくからも先生にお礼を言っとくよ」

レンはいったん外に出ると、懐から鍵を取り出して、自分の住まいの戸口を開錠した。扉を開けた途端、隣の家とは正反対の暗闇と冷たさと重苦しい静寂に、どんよりした気分になった。

ため息をつきながら家の中に入り、手探りでマッチを擦って、ランプに火を灯した。

そのとき入り口で、コトリと音がした。振り返ると、実体のない影だけのような人間が、ゆらりと入ってきた。

「うわ、びっくりした。『ただいま』ぐらい言ってくださいよ」

「……ただいま」

シザはほとんど聞き取れない声で言うと、頭の編笠を脱いで壁にかけた。

「どこか行ってたんですか？」

「草履を売っていた」

「ずいぶん遅いじゃないですか。どこに寄り道したんですか」

「……………」

「まあいいです。ぼく、先に行ってますよ」

レンは狭い家の中でシザと肩を触れ合わせるようにしてすれ違い、入り口の扉に手をかけた。夕食は、特段のことがない限り、隣の家に集まってとることになっていた。今、ラキエがシザの母親と一緒に支度をしている。

「レン」

「何ですか」

「モドリを知っているか」

レンは、ぎょっとして振り返った。シザは椅子に腰掛け、テーブルの上のランプの光をじっと見ていた。

もちろんレンは知っていた。潜水学校の生徒なら誰でも知っている。

「湖でいなくなった人間が何年も経ってひょっこり現れて、記憶も言葉も失っていて、首には鰓のあとがあって、食べ物は湖の水しか受けつけないって話ですか？」

わざと丁寧に説明した。いかにばからしい話かということに気づいてもらうために。

シザは無言だった。自分から問いかけたのに、レンの答えを聞いても相槌も打たない。

レンは扉を開けて外へ出た。隣の家には行かず、暗い路地をあてもなく歩き出した。気持ちがどうしようもなくざわざわする。腹が立っているのか、悲しいのか、情けないのか、自分でもわからなかった。たぶん、その全部のような気がする。

レンとラキエとユハシが故郷の邑を脱出するとき、シザはほとんどすべての場面において主導し、的確な判断をしてくれた。彼がいなかったら、三人は隣邑にもたどり着くことができなかっただろう。

あれから、もうすぐ一年になる。

隣邑の医者は快くラキエを診てくれたが、当分のあいだ安静が必要だと言われた。そこでラキエをその医者に預け、シザとユハシは司法庁の出張所がある邑までウマを走らせた。邑長たちの犯罪行為を告発するためだ。

レンは残ってラキエの看病をした。ラキエの意識ははっきりしていたが、床を離れることができないほど身体は弱っていた。そしてときどき、急に悲鳴をあげたり、ガタガタ震えだしたりした。医者は、潜水忌避症状だけではなさそうだと言って首をかしげた。レンは邑で起きたことを話した。医者は顔を曇らせ、犯罪被害による心の傷のほうが深刻かもしれないと言った。

数日後、シザが戻ってきた。ユハシは司法庁の役人を連れて邑へ帰ったとのことだった。

ラキエが自力で歩けるくらいに回復するまで、それからひと月近くを要した。その間に、邑長とその息子と取り巻きの何人かが、取り調べのために司法庁の出張所まで連れて行かれたという報せが入った。

諸々の後始末が一段落したユハシがラキエの様子を見にやってきたので、シザはラキエとレンをユハシに託し、都へ帰ろうとした。するとラキエがとつぜん気を失った。目をさますと、涙を流しながら、邑には戻りたくないと訴えた。事件の後遺症であることは明らかだった。医者も、可能であるなら転地療養を勧めると言った。時間をかけて話し合った末、レンとラキエはシザが預かることになった。

こうして、三人はともに都へやってきたのだった。

だが——

(本当は四人のはずだった)

なんども打ち消したその言葉がふいによみがえって、レンは立ち止まった。いつのまにか、長屋の前に戻ってきていた。

顔を上げると、そこにラキエが灯りを持って立っていた。

「どこ行っちゃったのかと思った」

ラキエは微笑んだ。レンは胸を衝かれた。

「ずっと立ってたの？」

「ちょっと考えごとしたくて、歩いてた。遅くなってごめん」

「ええ……少しだけ」

「ごはんができてるわ」

レンはラキエの笑顔を見て、胸がいっぱいになった。

ラキエはすっかり回復した。毎日、シザの母親と一緒に食事の支度をし、刺繍細工をし、レンが図書室で借りてくる本を読んでいる。奨学金の申請をして、来年から学校に通いたいと言っている。

ラキエが元気でいるならいいじゃないか。

それだけでもよかったと思わなきゃ。

3

数日後。

レンが帰宅すると、草履の山の向こうから、シザが作業の手を止めて顔を上げた。

「配属先が決まった」

「おめでとうございます！」

思わず叫んでからレンは（……でいいのかな？）と自問した。謹慎明けの職場復帰の話である。加えて、潜水部隊に戻れないことはわかっていたので、どこであろうとシザにとっては不本意なことは間違いない。

「とにかく、よかったですね。どこですか？」

「第八養殖場だ」

都の西のはずれにあり、徒歩で行くにはかなり遠い……という、つい最近授業で習ったばかりの知識を思い出して、レンは何の気なしに言った。

「ウマが要りますね」

語尾がしぼんだ。この話題はまずかった。

都に戻った後、シザは自分のウマを売った。しかし、もう一頭のウマは残した。長屋暮らしなのにウマを持つことなど分不相応だが、シザは厩舎を借り、自分で世話をした。彼がなぜそうするのか、レンもラキエもわかっていたが、決してシザの前でそのことについて触れることはしなかった。レンとラキエの間にはいつしか、シザのいるところでは「ウマ」という言葉も口にしてはならないという不文律が出来上がっていた。

「ウマは支給される」

シザがあっさり言ったので、レンはほっとした。

「夜勤だから、夕食前に出かけて、明け方に帰る生活になる。あまり顔を合わせることがなくなるかもしれない」

「そうですか」

「学校は順調なんだろう？」

「はい」

レンは、シザの方から話題を持ちかけてくれたのが嬉しくて、元気よく返事した。このところ、シザとの会話は減る一方だったのだ。話し始めると、話したいことが次から次へ出てきた。

「懐かしいな」

レンの話が「命の笛」に及んだとき、シザは遠い目をして、笑みさえ浮かべた。

潜水学校に入っても、はじめから湖に入れるわけではない。一年目は、座学と呼吸法をみっちりたたきこまれる。分離装置《エラ》で分離された酸素を口から取り込むためには、特別な呼吸法が必要になる。その呼吸法の訓練のために、新入生にはひとり一本「命の笛」が渡される。正しく呼吸できたときにのみ、音が出るしくみだ。かなり甲高い音が出るので、住宅地での使用は禁じられている。

「でも、寮生の人たちは寮の中で自主練してるみたいなんです。シザさんはどうしてました？」

「街はずれの湖岸で練習したよ。誰もいない夜明け前にね」

「そうですか。じゃ、ぼくもそうします」

レンは早速、次の日から朝練を開始した。それから何日もおかずに、シザの勤務もはじまった。シザは、レンが夕方学校から帰る前に出かけ、朝練に行った後に帰宅するという生活になった。登校の準備をするために朝練からいったん家に戻る時間には、シザはもう床についていた。彼が言ったとおり、ふたりが話をする機会はほとんどなくなったが、養殖場とはいえ潜水隊の組織だし、シザにとっては草履売りよりはやりがいがあるだろう。そう思って、レンは安心していた。が、ある日彼はとんでもないことを知ってしまった。

仕事から帰ったシザの荷物の中に、潜面《メン》と分離装置《エラ》があるのを偶然発見したのだ。しかも直前に使ったようで、水気が残っている。養殖場の仕事では、水に入ることはあっても、カタライをすることは基本的にない。つまり、潜面《メン》と分離装置《エラ》を使うことはないはずだ。レンは気づかなかったふりをしておいて、隣に住むシザの母にシザが出かける時刻を聞き、学校で養殖場の勤務交代時間を調べた。

ふたりの休みが重なった日、昼過ぎに起きてきたシザにレンは話しかけた。

「シザさん、おはようございます。ちょっと聞きたいことがあるんですけど」

「なんだ」

「夜勤って、夜中から朝まででですよね」

「そうだ」

「みんなと一緒に夕ごはんを食べてから出かけても、間に合うんじゃないですか？」

「それだと遅刻してしまう」

「小母さんもラキエも、夕食時間を少し早くするのは構わないって言ってました。ぼくも、一時間ぐらい早まっても、なんとか間に合うように帰ってこられます」

「通勤路が長いから、余裕を持って出なければいけないんだ。途中で何があるかわからないからな」

レンは心の中でため息をついた。

（潜人は他人の嘘を見抜けるのに、自分が嘘をつくのが上手いとは限らないんですね）

間違いない。シザは本当は「夜勤」ではなく、その前の時間帯の「遅番」で、勤務を終えたあとの夜中に潜水をしているのだ。

業務外、しかも夜間の単独潜水である。発覚したら、今度こそただではすまない。

レンはどう対処すべきか考えた。しかし、問い詰めたところでシザはしらを切るか、沈黙するだけだろう。うまい考えは浮かばず、しばらく様子を見るしかなかった。

4

そんな心配ごとを抱えながらも、レンは「命の笛」の朝練を続けていた。

その日彼は、いつもより早く起きて出かけた。その分早く帰宅して、シザの帰りを待とうと考えたのだ。潜面と分離装置《エラ》の件をいきなり聞きただすつもりはないが、いくらなんでも会話がなさすぎる。もう少し交流を図ることが必要だと思った。

湖沿いの道は街なかよりも街灯の数は少ないが、辺境育ちのレンにとっては充分すぎるくらい明るかった。沖合にはおびただしい数の油井櫓が見える。初めてこの風景を見たときは度肝を抜かれた。そんなにたくさん汲み上げたら、あっという間に油はなくなってしまうのではないか。そういう素朴な疑問を抱き、ただただ圧倒されたが、潜水学校に入って油井のしくみを学ぶうち、最近ようやく少し親しみが湧いてきていた。

いつもの練習場所に着いた。まだ自然のままの岩場がひろびろと続く一帯だ。レンは柵を乗り越え、岩を伝って、できるだけ水の近くまで行った。足元から波の音が聞こえ、湖の匂いで胸がいっぱいになるようなところで吹きたいのだ。

ざあっ、という遠い波の音と、ちゃぽ、ちゃぽ、というすぐ近くの波の音。空にはまだ朝の気配はなく、星が瞬いている。

レンは首から紐で下げた「命の笛」を口にくわえた。足を肩幅に開き、足裏全体に体重を乗せるようにして立つ。身体の、できるだけ下の方から押し出すようにして息を吐く。

息は笛を通らず、唇との隙間からスーッと抜けていった。わかってはいたけれど、がっかりしてしまう。入学してから三ヶ月、毎日この気持ちを味わっている。これまで、「スーッ」が「ヒューッ」になることはあっても、教官が手本で示したような「ピイッ」という音が出たことはなかった。

同じ一年生の中には、正しく音を出すことに成功した者が、ちらほら現れはじめていた。みんなで実習しているときに「ピイッ」という音が上がると、他の生徒は一斉にそちらを見て大騒ぎになる。教官がその騒ぎをしずめ、成功した生徒を賞賛する、という場面が次第に増えてきていた。そのたびに感じる焦りと落ち込みは、なんとも言えず嫌なものだった。

唇の間から息が漏れる音を聞くたびに、その感情がよみがえる。それを打ち消そうとして、むやみに息を吹き込む。そのうち、頭がぼうっとしてきた。星の数がやけに増えた気がする。だけど、星にしては変だ。いろんな色がチカチカしている……。

「肩の力を抜け！」

とつぜん声が聞こえて、我に返った。実習で毎回、教官に何度もしつこく言われる言葉だ。それが、まるでこの場に教官がいるように鮮明に聞こえたのだ。

レンは笛を離し、大きく息を吸って吐いた。酸素が足りなくなっていたことに気がついた。上体がガチガチにこわばり、前のめりになっていた。これでは正しい呼吸ができるわけがない。

気持ちを落ち着けて、もう一度姿勢を整えた。ゆっくり息を吐いて、背骨のひとつひとつが重力に従って静かに積み重なるのをイメージする。笛をくわえ、まっすぐに水平線を見て、最初に授業で教わったときのことを思い出して、息を吹き込んだ。

ピイッ

甲高い、澄んだ音が響き渡った。

信じられない気持ちで、両手を握りしめた。腹の底から喜びが湧いてくる。

「やっ……」

たーっ、と湖に向かって叫ぼうとしたときだった。

「そうだ、いいぞ」

はっきりとそう聞こえた。さっきの「肩の力を抜け！」と同じ声だ。あれは、記憶の中の教官の声ではなかったのだ。現実にここにいる誰かの声だ。

レンはあたりを見回した。

地面が揺れているのかと思うほど、心臓の鼓動が大きく、速くなっている。

この声。

まさか。

湖に接する岩の縁から、白い、細長いものが伸びて、左右に振れているのを見つけた。手先がぶるぶると震えだし、全身に伝わった。奥歯がカチカチと鳴りはじめる。

「こっちだこっち！」

闇の中に浮かぶ、むき出しの白い腕の元に、顔があった。声は届くが、この暗さでは顔の造作はわからない。レンは震えが治らないまま、そちらへ向かって歩き出そうとした。

遠目には平らに見える岩場も、実際に歩くとけっこう起伏が激しい。それでも、星灯りを頼りにここまで来るのはそれほど難しくなかったのに、今は一歩一歩たしかめながらでないと進めない。まるで自分の足ではないみたいだ。

「気をつけろ」

四度目のその声を聞いたとき、レンは、ひざがかくんと折れるのを感じた。そして、自分の声がこう言うのを聞いた。

「セリ」

平らな岩の上に、白い両腕をぺたりと伸ばしているのは、たしかに彼女だった。腰を抜かしてしまったレンを心配そうに見ている。

「大丈夫か？」

立ち上がって駆け寄りたかった。が、どうしても足に力が入らない。仕方なしに、手と膝を使って這っていった。きっとものすごく無様な格好だろうが、そんなことには構っていられない。

「無理にこっちに来なくてもいい。とりあえず何か着るものを貸してほしいんだ。この格好じゃ出て行けない」

「セリ、本当にセリなの？」

「あまり近寄るな」

「どうして」

「見りゃわかるだろ。あたしは構わないけど、おまえの嫁になんて説明するんだ」

「あ」

ようやくレンは気づいた。セリは腕だけでなく、肩もむき出しだった。いつも頭の上できっちりまとめていた髪も、無造作におろされて濡れたまま頬や首筋に貼りついている。岩に隠れた部分がどうなっているかは、容易に想像がついた。

「そうか。着物が必要なんだね」

「今そう言っただろ」

レンは、足腰にぐっと力を入れて立ち上がった。そして素早く帯を解いて、着物の上に重ね着していた半纏《はんてん》を脱ぐと、広げてセリに示した。

「これでいい？」

「完璧だ」

レンは半纏と帯を、腰に下げていた手拭いと一緒に岩の上に置いた。

「じゃあ、後ろ向いてるから」

「ありがとう」

レンが後ろを向いたか向かないかのうちに、水から上がる音がした。ひと呼吸おいて「いいよ」というセリの声。

とまどっていると、セリのほうからレンの前にまわって来た。彼の半纏を、きちんと前を合わせて着て帯を締め、一分の隙もない。手拭いを使って、髪をまとめてさえいる。

「早い」

「仕事柄な」

呆気にとられるレンに向かってセリは得意げに口の端を上げた。それから、あらたまった満足そうな表情になって、レンの目をじっと見つめた。

「潜水学校に入ったんだな。おめでとう」

その言葉を聞いた瞬間、レンは長いこと心の奥底に閉じ込めていたものの蓋が開くのを感じた。意識が一年前にまで飛び、セリの言葉のひとつひとつが、情景とともにあざやかによみがえった。

記憶はあとからあとから湧いてきて、頭の中がいっぱいになって破裂しそうになった。

「だって……約束……したから……」

声が変になっている。水に入ってもいないのに、顎からしずくがポタポタと滴り落ちた。

「おかしいな、なんだろこれ……こんな……」

どうにもならなかった。溢れる涙を両手で乱暴に拭おうとすると、こんどはしゃくり上げがはじまって、止まらなくなった。

頭の後ろにそっと手が添えられた。首の力が抜け、額が布地に触れる。

セリの肩に顔を押しつけ、レンは声を上げて泣いた。

「本当にすまなかった」

セリの声も震えていた。レンが一年分の感情を取り戻す間、彼女はずっと彼の背中をさすっていた。

気持ちが落ち着くと、レンは顔を離して目を拭った。きまりが悪くてすぐにはセリの顔を見ることができず、首のあたりに目を止める。そして息を呑んだ。

「セリ……傷が」

耳の下、首の中ほどに、弓形のかすかな盛り上がりがあった。セリはそこに手をやった。

「ああ、これ？　いや、何でもないんだ。平気平気」

「ひどい怪我だったの？」

「そういうのじゃないって」

「じゃあなんなの？　こんな痕が残るなんて」

「だから、大丈夫だって」

「もう。とりあえず家に行こうよ。話はそれからゆっくり聞かせてもらうから」

セリはそれを聞いて、声を上げて笑った。

「何？」

「なんか、喋り方が誰かさんに似てきたんじゃないか？」

レンは何のことかわからなかったが、からかわれたことに少しむっとして、黙ってセリの袖をつかんで歩き出そうとした。セリは、やんわりとその手をほどいた。

「もう、どこへも行きゃしないよ」

5

セリが導かれたのは、下町の入り組んだ路地の奥にある長屋だった。

「寮じゃないのか」

「それも考えたんだけど、シザさんが心配で」

「ここに、ふたりで？」

「うん。隣にシザさんのお母さんとラキエが住んでる」

レンはセリのために乾いた着物を用意し、ストーブに火をつけた。セリが着替える間、レンは仕切りの奥にいた。終わったぜ、と声をかけると、レンはこちらに入ってきた。片手を背中に回している。

「あ、そこに座って」

二脚しかない椅子のひとつに腰を下ろしたセリに、レンは、

「はい」

と隠していた手を差し出した。サカナの装飾のついた永久煙管が握られていた。

「うわ、うれしい」

セリは愛用していた煙管を受け取り、吸口をくわえて深く吸い込んだ。ササメ貝の香油は蒸発してしまっているので何の香りもしなかったが、形だけでもかなり満足できた。

長く息を吐いて、セリは部屋の中を見回した。男ふたりの所帯は、殺風景で寒々としていた。

「あいつ、いいとこのお坊ちゃんじゃなかったのか」

「シザさんはそんなんじゃないよ。早くにお父さんを亡くして、潜水隊に入れる年齢になるまでは、草履を売ったりウマ洗いをしたり、いろんな仕事をしてお母さんを助けたんだ」

セリの向かいの椅子に座ったレンが答える。

「そうか。なんで、そう思ったんだろう。喋り方が偉そうだからかな」

「もうすぐ仕事から戻るよ」

「夜も働いているのか」

「夜もっていうか、夜に働いているんだ。養殖場の監視小屋で」

「そんな……」

閑職に、と言いかけて、セリはあわてて口をつぐんだ。レンはそれを察して答えた。

「復職できただけでもよかったんだよ。無断欠勤と無断潜水をしたことで査問会にかけられて、大変だったんだから」

「無断欠勤？　あいつ、仕事としてあたしを連れ戻しにきたって」

「セリの退職願は受理されていたんだよ。シザさんは休暇をとってセリを追っかけてきたんだ。で、途中で休暇が切れちゃったってわけ」

セリは何と言っていいかわからなかった。彼はそういう種類の情熱から最も遠い人間だと思っていた。

レンは、意味ありげな微笑を目と口の端に浮かべて、セリを見ていた。その表情は、子どものものではなかった。

「さ、どっちから話す？　……待って、ぼくから話すよ。そのあとでラキエを連れてくるから、セリの話を聞かせて。そのころにはシザさんも帰ってると思うから」

レンが話し終わるころには、窓の外がうっすらと明るくなっていた。

「……シザさんは、ずいぶん悩んでいた。自分がセリを……見殺しにしてしまったんじゃないかって。ぼくたちの後見人になってくれたのも、罪滅ぼしみたいな気持ちがあったんだと思う」

「あいつが、おまえとラキエの後見人に？」

「そうだよ。だから、ぼくはいま潜水学校に通うことができているし、ラキエも奨学金を受けて学校に行けることになったんだ」

「邑の方は、その後どうなったかわかっているのか」

「油は出たよ。ぼくは行けなかったから、ユハシさんの生徒で水を怖がらない子に手紙でやり方を教えて、風車から掘削軸を外してポンプに付け替えてもらった。油はちゃんと油道管を通って、油槽に貯まるようになったって。ユハシさんの家はみんなで修繕して、教室も再開して、生徒も前より増えたって」

「やつらは、どうなった」

言ってしまってから、「やつら」がレンの親戚であることを思い出した。レンは眉ひとつ動かさず答えた。

「裁判の結果、邑長と息子は、邑を追放されたそうだよ」

「そうか」

セリはレンの顔を見て、本当に成長したな、と思った。まなざしに力がある。

「ラキエを呼んでくるよ」

そう言ってレンは席を立ち、戸口から出ていった。ほどなく、同じ扉が勢いよく開いた。

「セリ！」

殺風景な部屋が、一気に色づいたようだった。

「ラキエ、きれいになったなあ」

セリが思わずそう呟くと、ラキエは駆け寄ってきた。セリは立ち上がって少女を抱きとめた。

「ごめんなさい、私のせいで……。私がつかまらなければ、こんなことにはならなかったのに」

「何言ってるんだよ、いちばん辛い思いをしたのはラキエじゃないか」

セリがそう言うと、ラキエは涙に濡れた顔を上げて、長い睫毛の下からセリを見つめた。

「ちょっと、旦那が妬いてるよ」

セリは苦笑して、ラキエをそっと押しやった。

「あーあ。そのへんのことはふたりでやってくれ。あたしは出かける」

突然の宣言にレンは驚いた。

「なんで!?　もうすぐシザさんが帰って来るって言ったじゃない」

「待つのはキライなんだ、知ってるだろ」

セリは片目を瞑ってみせた。

「もうどこにも行かないって言ったのに」

目を三角にするレンにかまわず、セリはすたすたと歩いて行った。レンとの会話の中で、さりげなく厩舎の場所を聞き出していたのだ。レンとラキエが必死で説得しようとするのをセリはのらりくらりとかわし、結局三人揃って厩舎に来てしまった。

セリは自分のウマを見つけると、懐かしそうに鼻面をたたいた。ウマは主人を覚えていたとみえて、せわしなく尻尾を振って彼女の頬をべろりと舐めた。

「すぐに戻るって」

「だいたい、こんな時間にどこ行くの？」

「湖だよ」

レンは顔色を変え、鬼のような形相でセリに食らいついた。

「ダメだよ。ぜったいダメ」

「心配すんなって。湖岸沿いを思いっきり走りたいだけだ」

「どうしてもって言うなら、ぼくがついていく」

「振り落とすぞ」

セリはレンの鼻先に人差し指をあて、笑顔で脅した。

そして、ひるんだレンを尻目に、ウマに手綱だけをつけ、厩舎の柵をあけて外へ出すと、その柵を足がかりに裸のウマの背にひらりと跨った。

「……しょうがないな。ちゃんと戻って来てよ」

レンは意外にあっさりと道をあけた。その言いかたが、大人が子どもに言い聞かせるみたいだったので、セリは笑いながらウマの腹を蹴った。

「恩に着るよ！　じゃあな！」

風のようにセリが行ってしまったあと、ラキエは信じられないという顔でレンに詰め寄った。レンはラキエの手を引いて、通りを見渡せるところまで導いた。

ラキエは目を見張った。今まさにセリが駆けていったほうから、朝の静寂を破る高らかなひづめの音が近づいてくる。

二組の人とウマが、縦に並んで走ってくる。先頭はセリ。その後ろは……

「止まれ、止まれといってるんだ！　聞こえないのか、そこのウマ！」

白昼に物の怪でも見たような男の叫びが、婚約者たちの前を通り過ぎた。

レンは、ラキエに向かって肩をすくめた。

「最近、耳がよくなったみたい」

ラキエは目を丸くしてレンを見、それから微笑んで寄り添った。

「どうして逃げるんだ」

シザの口調に哀願の色が加わった。

ウマの追いかけっこは、大小の街路を不規則にたどったあと、湖岸沿いの街道に舞台を移していた。都の近くの街道は道幅も広く、よく整備されているので、早朝の遠乗りは最高に気持ちがいい。

逃げてるんじゃない、後ろを振り返れないだけだ、とセリは思った。

それに、どこへ行ったって、おまえはあたしを見つけるじゃないか。

セリは、朝日が昇る直前の金色に輝く空と、その色をそっくり映す湖面を眺めた。

あたしには、やらなければならないことがある。

まず、モドリを探し出して、完全にモドす。

それから、その者たちを引き連れて山を越え、ナギサに行って舟を作る。

完成するまでには、長い時間がかかるだろう。ひょっとしたら、自分が生きているうちにはできないかもしれない。それでも、これは世代を超えて受け継いでいくべき事業だ。

青き大きな水の果てにある陸地を目指すために。

セリの昂揚とは反対に、ウマの速度が落ちてきた。セリがいないあいだ、あまり走らせていなかったのかもしれない。

シザが、斜め後ろにぴったりつけた。セリの膝にウマの鼻息がかかり、視界の端に、こちらへ身を乗り出す男の姿がちらりと映った。

「莫迦、なにするんだやめろ」

最後の、ろ、を合図にシザはセリのウマに飛び移った。

「なんて無茶なことを」

「手綱をよこさなければ、もっと無茶をするぞ」

セリは観念して手綱を渡した。ウマはおだやかな走りになった。道はまっすぐで、右手にはどこまでも湖がひろがっている。

身体の両脇にあるシザの腕が、慣れた手つきで手綱を操っている。セリは湖を眺めながら、ぽつりとつぶやいた。

「……あんた、毎晩歌ってたよな」

「レンに聞いたのか」

シザの問いには答えず、セリはまたつぶやいた。

「単独潜水は規則違反だ」

「そうだな」

シザは笑ったようだった。ウマは常歩《なみあし》になっていた。

「バレたらクビだ」

「そうだな」

「バッカじゃないの」

「そうだな」

シザは同じことしか言わない。セリは、もう少し長い答えになるような質問を探した。

「なぜ追いかけてきた」

「捕まえていないと、きみはどこに行くかわからん」

セリはくすりと笑った。

「捕まえてたって、どこに行くかわからないぞ」

「そうだな」

ウマが立ち止まった。

「話はあとでゆっくり聞かせてもらう」

シザはいつもの口調に戻っていた。

セリは突然、身をよじってウマから飛び降りると、シザの腕をつかんで引きずりおろした。そして、面食らっているシザと顔を突き合わせた。

「いやというほど聞かせてやる。覚悟しろ」

朝日が昇ってきた。水平に射す光を受けて、彼女の瞳が一瞬、深い青にきらめいた。

シザは息を呑み、たしかめるようにセリの顔をのぞき込んだ。頰に手を当てると、小指の先が、首のかすかな盛り上がりに触れた。

湖からの風が、すっかり乾いたセリの髪を吹き流した。

「……セリ」

シザは長いことかかって、その名を口にした。

「そうだ。あたしだ」

セリは微笑んだ。

シザは、何も言わずに彼女を抱きしめた。吹き乱れる髪に顔を埋め、そこに浸みこんだ湖の匂いを嗅いだ。

この作品は、小説投稿サイト「エブリスタ」に掲載されていたものに、
加筆修正しております。

光文社文庫

水神様《すいじんさま》の舟《ふね》

著者　芳《よし》納《の》 珪《けい》

2021年11月20日　初版1刷発行

発行者　鈴木広和
印刷　萩原印刷
製本　ナショナル製本

発行所　株式会社 光文社
〒112-8011　東京都文京区音羽1-16-6
電話（03）5395-8149　編集部
8116　書籍販売部
8125　業務部

ISBN978-4-334-79272-5　Printed in Japan

組版　萩原印刷